Eva Baronsky

Herr
MOZART
feiert
Weihnachten

AF177355

aufbau taschenbuch

EVA BARONSKY, 1968 geboren, lebt im Taunus. Bisher veröffentlichte sie drei Romane. Nach dem bewegenden Kammerspiel »Magnolienschlaf« über zwei Frauen in einer Extremsituation erschien »Manchmal rot«, in dem für einen erfolgsverwöhnten Anwalt und seine illegal beschäftigte Putzfrau durch einen Unfall ein modernes Märchen beginnt. Ihr Debütroman »Herr Mozart wacht auf« ist längst ein Bestseller, der den Förderpreis des Friedrich-Hölderlin-Preises der Stadt Bad Homburg v. d. Höhe erhielt. Mit »Herr Mozart feiert Weihnachten« wird ein weiteres Abenteuer nachgetragen.

Am Vorabend noch hatte er auf dem Sterbebett gelegen. Dann erwachte Wolfgang an einem unbekannten Ort und – wie langsam klar wird – in einer fremden Zeit. Nachdem er als sonderbarer Kauz und lebender Anachronismus schon fast drei Wochen im modernen Wien des Jahres 2006 verbracht hat, steht Weihnachten vor der Tür.
Obwohl ihn der allgegenwärtige Lärm, merkwürdige Bräuche und die bunten Geschenkpakete überall verwirren, macht er sich am Heiligen Abend – von Melancholie, Neugier und Hunger getrieben – auf den Weg. Mit der Geige seines Freundes Piotr hofft er sich ein paar Cent zu erspielen, die er in einer warmen Gaststube verzechen will. Vor St. Stephan beobachtet ihn ein kleines Mädchen, das auf der Suche nach dem Weihnachtsmann ist. Sollte ausgerechnet dieser wunderliche Musikant erklären können, wofür Weihnachten gut ist?

»Ein Märchen, das die Phantasie beflügelt.«
WDR 5 über »Herr Mozart wacht auf«

EVA BARONSKY

HERR MOZART FEIERT WEIHNACHTEN

ROMAN

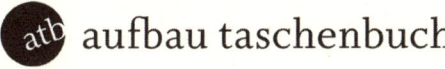

MIX
Papier aus verantwor-
tungsvollen Quellen
FSC® C083411

ISBN 978-3-7466-3378-7

Aufbau Taschenbuch ist eine Marke der
Aufbau Verlag GmbH & Co. KG

2. Auflage 2018
© Aufbau Verlag GmbH & Co. KG, Berlin 2017
Copyright © 2017 Eva Baronsky
Umschlaggestaltung und Motive www.buerosued.de, München
Typografie Luisa Nowakowski, Leipzig
Gesetzt aus der DTL Vanden Keere ST durch Greiner & Reichel, Köln
Druck und Binden CPI books GmbH, Leck, Germany
Printed in Germany

www.aufbau-verlag.de

KAPITEL EINS

alle Jahre wieder

»Schweig still!«, rief Wolfgang erbost hinüber, doch das Gehämmer wollte partout nicht verstummen. Beharrlich stapfte es durch das frühlingshafte Flötenquintett in G-Dur, mit dessen Komposition er seit dem zeitigen Morgen beschäftigt war. Und dorten passte es nun wahrlich nicht hinein! Entschlossen hob er den Kopf, um Beistand beim hellen Sonnenlicht zu suchen, das ins Zimmer fiel, doch das Gedumpfe, körperlosen Schlägen gleich, ließ sich nicht verjagen. Es rührte aus der Mansarde nebenan, das wusste er, seit er ein paar Täge zuvor dem Geräusch auf den Grund hatte gehen wollen. Das Ohr am benachbarten Türblatt, hatte er feststellen müssen, dass es ein Basso zu einer Art überschnellem Sprechgesang war. Eine seltsame Verstörung war über ihn gekommen, und er hatte nicht gewagt, an die Tür zu klopfen, sondern war unverrichteter Dinge in Piotrs Behausung zurückgekehrt.

Die Sonne stand tief, bald würde sie hinter den Dächern versinken. Und dann würde, binnen weniger Stunden, die Christnacht hereinbrechen. Mit einem Seufzer schloss er die Augen und überließ sich den Erinnerungen an das festliche Halbdunkel der Domkirche (der Pfarrer hatte wie immer an den Wachslichtern gespart), sah die andächtigen Gesichter und schließlich die Ergriffenheit, die alle überkam, als Orgel und Chor zum Halleluja ansetzten. Er hörte das gedämpfte Stimmengewirr vor der Kirche, das Getrappel und Geholper der vor- und abfahrenden Kutschen und schließlich die Stille, die sich wieder über alles legte, während er Constanze den Arm bot, um den kurzen Heimweg zu Fuß anzutreten.

Ihm schien, als sei es gestern gewesen. Und wenn er es recht betrachtete, lag es ja nicht viel länger zurück. Was waren schon zweihundert Jahre für einen, dem sie fehlten wie ein vergessener Traum? Das Gedumpfe nebenan erstarb für eine kurze Weile, ehe es sich aufs Neue erhob, mit etwas schnellerem Schlag.

Beim Gedanken an die Mette spürte er, wie sich sein Gewissen regte. Oblag es nicht doch seiner Verpflichtung als Christenmensch, der Geburt des Herrn in der Weihenacht zu huldigen? Hatte er sich nicht aufzumachen und die Kirche zu besuchen, gleich an welchem Ort und in welcher Zeit er sich befand? Doch wer versicherte ihn, dass ein Gottesdienst überhaupt stattfand? Nahezu alles, was ihm in den letzten – er zählte nach – zwanzig Tagen begegnet war, war an Absonderlichkeit nicht zu überbieten; ihm Vertrautes dagegen war abgeschafft, vergessen oder zu etwas gemacht worden, das er nicht verstand.

Wäre es also verwunderlich, wenn St. Stephan in der Christnacht dunkel bliebe? Oder unter Abertausenden buntverpackter Geschenkpakete versänke, so dass keine Maus mehr hineinfände? Wohin er auch gegangen war seit seiner unfassbaren Strandung in dieser neuen Zeit – überall sah er Geschenke: kleine, große, eckige, runde, mit Schleifen oder Kugeln verziert, und obschon es der Menschen derarten viele gab in dieser Stadt, dass er zuweilen an einen Ameisenberg erinnert war, so war er doch von jedem Zweifel frei, dass es der Geschenke ungleich mehr sein mussten. Sie türmten sich zwischen den Auslagen der Warenhäuser, hingen in den Schaufenstern, lagen in Bäckereien und Wirtshäusern und im Foyer der Oper gar. Für wen mochten sie bestimmt sein? Piotr hatte auf seine Frage hiezu nur wieder sein gequältes Grinsen gezeigt, woraus er schloss, dass die Frage – nach Piotrs Dafürhalten – eine Torheit war.

Dabei hätte er noch weitaus mehr zu fragen gehabt. Zum Beispiel nach all der Eile und Betriebsamkeit, die sich ihm in den Straßen und Geschäften darbot. Sie schien auf die Christnacht hinzustreben, und er war ratlos, von welcher Art das Mirakel sein würde, das all diese Unrast rechtfertigte. Etwas wahrhaft Großes musste es sein, etwas, das unter all den Mysterien, die er in den vergangenen Tägen bereits erlebt hatte, das allergrößte sein würde. Und nahm es denn wunder, dass seine Phantasie darob zuweilen das ein oder andere ersann?

Eine kleine Schamröte stieg in ihm auf, als er an die frivolste seiner Einbildungen denken musste. Hatte er doch zu oft vom Fest der Liebe reden hören, dass man es ihm nicht verübeln durfte, wenn die Gedanken Kapriolen schlugen.

Er stand auf, öffnete das Fenster und ließ frische Luft in Piotrs Dachkammer ein. Lehnte sich hinaus, so gut es ging, und lauschte auf das Lärmen der Stadt, das ihm nicht minder laut vorkam als an den Tägen zuvor.

Vielleicht, so dachte er, war es tatsächlich ein Brauch geworden, all die bunten Packerln in die Kirche zu tragen und sie dort unter jenen zu verteilen, die es am nötigsten hatten. Wieso nicht? Was mochte darinnen sein? Äpfel und Nüsse, Honigkuchen, Spielzeug für die Kinder? Warme Socken und Mützen für die Armen? Und für einen Augenblick hatte ihn der Gedanke gepackt, dass er selbst zu den Bedürftigen zählen und also ein Anrecht auf solcherlei Almosen haben könnte.

Almosen! Energisch schloss er das Fenster. Wie tief er gesunken war, über solcherlei nachzudenken! Wo ihn doch kaum mehr als ein paar Worte von einem Leben in Ruhm, Glanz und Ehre trennten. Worte, die er indes um keinen Preis aussprechen durfte. Mehr als einmal hatte er, in schlaflosen Momenten auf Piotrs Canapé, sich ausgemalt, wie es wäre, wenn er sich als jener zu erkennen gäbe, der – so durfte er mit Recht behaupten – der größte Compositeur dieser Stadt war. Ach was, des ganzen Landes! Des Kontinents! Wenn nicht der Welt sogar! Ausgeschlossen, solches zu wagen, wollte er nicht Kopf und Kragen riskieren. Eine stille Hoffnung aber erlaubte er sich: Vielleicht würden sie ihn eines Tages von selbst erkennen, wenn er nur die Occasion hätte, sich unter Beweis zu stellen.

Jawohl! Entschlossen nahm er wieder auf dem Stuhl Platz und den Stift zur Hand, doch kaum dass er sich dem Quintett zuwandte, war auch schon das

Gedumpfe erneut zur Stelle, wie um ihn zu verhöhnen. Außerdem knurrte sein Magen. So laut, dass es leicht ein Basso zu jener sekkierenden Sequenz hätte sein können.

Wolfgang erhob sich abermals, um im Küchenkabinett nach etwas Essbarem zu suchen, auch wenn er bereits wusste, dass er nichts finden würde denn zwei Packungen getrocknete Nudeln und drei Blechdosen mit Bohnentopf, der, so hatte er von Piotr erfahren, aus einem Land stammte, das sich Mexiko nannte. Wo dieses Land lag, wusste er nicht, und es war ihm auch gleich, denn die Küche jenes Landes war gewiss keine Reise wert. Ausgerechnet am Heiligen Abend blieb ihm nichts denn dieser widerliche Fraß!

Der Gedanke an eine ausgedehnte Mahlzeit in einem Wirtshaus mit Bier und Wein und einer üppigen Nachspeise überkam ihn und wurde zu einem veritablen Verlangen. In seinem Hosenbeutel, der ihm als Geldbörse diente, herrschte indes die gleiche Ödnis wie im Küchenkabinett – ein Dutzend kleiner Kupfermünzen klimperten darin, jene, die er den Straßenmusikern in den Hut zu werfen pflegte. Und nun?

Jähes Entsetzen packte ihn, als er gewahr wurde, dass er auch die folgenden Tage mit dieser kümmerlichen Ration würde auskommen müssen. Fieberhaft überdachte er seine Möglichkeiten. Es gab niemanden, den er kannte, niemanden, den er um Geld oder zumindest ein Essen hätte ersuchen können.

Ohne Piotr war er abermals vollkommen allein … Seine Gedanken schweiften zurück: Drei Wochen war es her, dass er vor Verzweiflung einem Budenbesitzer auf dem Domplatz ein paar Würschtl stibitzt hatte, um nicht hungers zu sterben. Seither hatte er, dank Piotrs Hilfe, das wenige, über das er verfügte, stets redlich selbst verdient. Würde er nun erneut zu einem Dieb werden müssen? Ob er in ein weit entferntes Lokal gehen, sich satt essen und durch die Hintertüre verschwinden sollte? Er sah Piotr vor sich, der ihn bei seiner Rückkunft aus dem Karzer würde auslösen müssen, und Hitze stieg ihm ins Gesicht. Nein, dergleichen durfte er Piotr nicht antun! Piotr, dem Rechtschaffenen, der sich in der Kälte stehend mit der Geige abmühte, um seine Kinder im fernen Polenland zu ernähren und … Die Geige! Wolfgang wandte den Kopf, um sich mit einem Blick zu versichern, dass das Instrument wie stets an seinem Platz lag. Was Piotr vermochte, konnte er schon lange, vielleicht fand er gar Piotrs fingerlose Handschuhe, so dass in der Kälte nicht gar zu mühsam spielen wäre.

Obzwar er Tatkraft in sich aufsteigen fühlte, sah er für einen Moment zögernd aus dem Fenster. Eigentlich hatte er das Christfest ignorieren wollen. Und er musste sich eingestehen, dass es Furcht war, die ihn zaudern ließ. Furcht vor dem überbordenden Treiben dort draußen, dessen Regeln er nicht kannte, Furcht vor der Schwermut, die ihn überfiel, wenn er an die vergangenen Jahreswechsel mit den Seinen dachte. Furcht auch vor einem vergeblichen Aufwand. Doch dann mahnte er sich zur Räson: Es sollte mit dem Teufel zugehen, wenn die Menschen an einem Tag wie diesem nicht besonders freigiebig wären. Im miserabelsten aller Fälle würde er sich zumindest ein paar Gläser heißen Punsch erspielen, und der würde ihm die Seelenschwere schon vertreiben. Außerdem hatte sich längst die Neugier seiner bemächtigt: Er würde mitten hineingehen in die innere Stadt, würde schauen, was die Menge dort tat und worauf dies alles hinauslief.

Recht in die Nähe des Doms würde er sich postieren, um dann, falls die bunten Packerln dorten wahrlich einen Empfänger suchten, recht artig zur Stelle zu sein. Und wie um ihn zu bestätigen, wurde das Gedumpfe nebenan lauter, und er spürte, wie das rasche Pulsieren seinen Herzschlag antrieb, dass ihm angst wurde davon.

KAPITEL ZWEI

Die Sonne war bereits hinter den Dächern versunken, als er aus dem Haus trat. Um sich gegen die Kälte zu wappnen, hatte er sich in Piotrs Lade bedient und sein Habit um zwei gestrickte Überzieher ergänzt, an deren mangelnde Kleidsamkeit er sich noch immer nicht gewöhnen konnte, die jedoch, das musste er eingestehen, bequem waren und recht ordentlich warm. Auch einen wollenen Schal und Piotrs Handschuhe, denen die Fingerspitzen fehlten, hatte er genommen. Piotr würde es ihm, angesichts seiner Notlage, gewiss verzeihen.

Die Stadt lärmte vor sich hin wie jeden Tag, von einer Festtagsruhe war nichts zu spüren. Mit einem

Mal fühlte er Sehnsucht aufsteigen nach jener Feierlichkeit, die sich in seiner Erinnerung untrennbar mit dem Heiligen Abend verband: kein Lärmen, kein Eilen, sondern Ruhe über der Stadt; die Mette am Abend und ein Festessen mit viel Punsch, mit Freunden geteilt. Wieder überkam ihn Verdruss über seine missliche Lage – ein hungriger Straßenmusikant mit einem kläglichen Instrument war er. Und das bei seinen Fertigkeiten! Eine Demutsübung war das, eine Demutsübung vor dem Herrn, doch offenbar beliebte es diesem Herrn, ihm solcherlei abzuverlangen. Hatte er denn in seinem Leben nicht ausreichend Ergebenheit bezeugt? Es war gewiss kein Leben in Glorie gewesen, aus dem der Herrgott ihn gerissen hatte, schon gar nicht zum Schluss, als Not und Schwermut ihn ereilt hatten. An Fleiß hatte er es bis in diese letzten Täge niemalen fehlen lassen, hatte der Kompositionen in solcher Fülle und Vortrefflichkeit erstellt, dass es für Gottes Gnaden auch in zwei Leben hätte reichen müssen! Je nu – so verhielt es sich mit den Wegen des Herrn. Fügsam trottete er weiter.

Die Helligkeit erstaunte ihn noch immer. Aus den hohen Fenstern der Geschäfte leuchtete es stetsfort. Und während er im Vorübergehen hineinblickte, musste er feststellen, dass die glänzend bunten und mit Schleifen verschnürten Pakete nach wie vor dort lagen. Unaufhörlich trugen Menschen Tüten und Pakete aus den Läden, er kam nicht umhin, sich auszumalen, dass die vielgestaltigen Schachteln im Innern der Geschäfte nachwuchsen wie Pilze, bis alles überquoll. Und all das musste verschenkt werden, so viel ließen die Plakate und Inschriften, die er allenthalben sah, erahnen. Dem Schenken schien nicht nur eine unermessliche Wichtigkeit zuzukommen, sondern auch eine Selbstverständlichkeit, die ihn erstaunte. Zu seiner Zeit war es allenfalls bei Hofe Sitte gewesen, zum Christfest Geschenke zu machen, doch waren dort ohnehin rund ums Jahr um der Gunst und Etikette willen Pretiosen hin und her gereicht worden. Womöglich, so dachte er sich, hatte man bei der Abschaffung der Monarchen deren Sitten bewahrt, derer sich nun jedermann nach seinem Gusto bediente. Er musste an die große Pariser Aufruhr denken, die seinerzeit die Welt in Unruhe versetzt hatte – das Schicksal hatte ihm jedoch keine Zeit gelassen, die Angelegenheit weiterzuverfolgen. Mittlerweile hätte er den Fortgang gewiss in historischen Schriften nachlesen können, doch genügte es ihm vollauf, die Weltordnung zu studieren, wie sie sich ihm itzo darbot, um sich seinen Reim darauf zu machen.

In der Zwischenzeit hatte er den inneren Ring überquert. Eine junge Frau kam ihm entgegen, sie war bepackt mit Tüten, schob ein kleines Kind in einer Karre vor sich her und war damit beschäftigt, ein zweites, das ihr folgte, zur Eile anzutreiben. Die Kinder waren in dicke bunte Anzüge vermummt und sahen rosig und wohlgenährt aus.

Ein Lächeln schlich sich in sein Gesicht, wenngleich er auch Bitterkeit fühlte. Von den fünf Kindern, die ihm Constanze bis zum letzten Christfest, das er hatte erleben dürfen, geschenkt hatte, war nur Carl Thomas am Leben geblieben. Von Franz Xaver hatten sie damals noch nichts geahnt, er war erst wenige Monate vor seinem – er mochte das Wort nicht denken – Ableben zur Welt gekommen. Der tiefe Seufzer, der ihm entfuhr, wurde zu einer Dampfwolke vor seinem Mund. Sie hatten den kleinen Carl, wie es üblich war, zum Nikolaustag beschenkt, mit Äpfeln, Gebäck und einem Spielzeug, das er sich verdienen musste, indem er aufsagte, was er gelernt hatte. Wolfgang empfand Beklemmung bei dem Gedanken an die vielen Geschwister, die der Kleine schon in jungen Jahren hatte gehen sehen, und eine weitere Wolke bildete sich.

Energisch klappte er den Mund zu und ersann auf die Schnelle eine heitere Melodie, die er in seinem Kopf variierte. Dies war der Tag der Geburt Christi, mithin ein Anlass zur Freude und Grund genug, alle Gedanken an das Sterben zu vertreiben! Weswegen er kurzentschlossen einen kleinen Umweg nahm, um nicht an jenem Haus vorübergehen zu müssen, an dem eine Tafel an seinen eigenen Tod erinnerte. Er würde sich vor dem Dom postieren und den Passanten aufspielen, bis er genug für eine warme Mahlzeit beisammenhatte.

Beim Gedanken an den ersten Becher Punsch, den er sich hernach an einer Bude gönnen wollte, erfasste ihn Tatendrang. Doch als er sich St. Stephan näherte, vernahm er den Lärm. Nicht das Brummen und Brausen der Toyotas war es, das die Luft erfüllte, sondern ein dissonantes Gewirr mindestens dreier Chöre, die jene simplen Weisen zum Besten gaben, die er derzeit überall zu hören bekam und die Piotr als Weihnachtslieder bezeichnete. Schon an seinem ersten Abend hatte er sie mit Piotr spielen müssen, im Lokal zum grimmigen Wirt. Das Gewirre war unterlegt mit einem Basso aus Stimmengewusel, aus dem Rufe und Gelächter herausstachen, teils klang es recht alkoholisiert. Wie in aller Welt sollte er hier seine Geige zu Gehör bringen?

Ratlos verlangsamte er seinen Schritt, näherte sich den beleuchteten Buden und versuchte, sich einen Weg durch die Menschentrauben zu bahnen, die dort standen und tranken und von der Beschallung, die man offenbar für sie arrangiert hatte, keinerlei Notiz nahmen. Mit der Musik schien es sich wie mit der Helligkeit zu verhalten: Sie war überall, und die Menschen hatten sich augenscheinlich mit solchem Selbstverständnis an sie gewöhnt, dass sie sie nicht mehr wahrnahmen.

Verzagt überquerte Wolfgang den Domplatz, trottete dann den Graben hinab. Er marschierte auf ein großes Warenhaus zu, das ihm besonders frequentiert schien. Beim Eintreten blies ihm warme Luft entgegen, und augenblicklich begann er zu schwitzen. Er öffnete seine Jacke und entledigte sich des Schals. Niemand nahm Notiz von ihm. Auch hier spielte Musik, nur dezenter als zwischen den Buden.

Während Wolfgang an Regalen mit unzähligen Flakons mit Duftwässern vorüberging – zu gern hätte er eins oder besser gleich mehrere davon besessen –, musste er einer Horde quietschvergnügter junger Fräuleins ausweichen, die sich auch sehr für die Riechwässer interessierten. Sie trugen allesamt blutrote Filzmützen mit weißem Pelzrand, so dass es ausschaute, als gehörten sie einer Vereinigung an.

Ums Haar war er versucht, eine von ihnen anzusprechen und sich endlich erklären zu lassen, welche Bewandtnis es mit diesen Mützen auf sich hatte. Doch dann verließ ihn der Mut. Alles und jeder trug eine solche Mütze, selbst die Pfannen und Töpfe im

Fenster des Warenhauses. Man hätte ihn gewiss allzu erstaunt angesehen, wenn er darum gefragt hätte. Er würde einen anderen Weg finden, das Rätsel zu lösen.

Eine Weile lief er zwischen den auf Podesten feilgebotenen Auslagen hin und her, bis er eine Kassa erblickte, vor der sich eine lange Schlange gebildet hatte. Das schien ihm der rechte Platz! Denn wo der Geldbeutel bereits geöffnet, würde auch für ihn leicht etwas abfallen.

Er nahm den Geigenkasten vom Rücken, legte ihn auf einem freien Teil des Kassiertisches ab und holte die Geige heraus. Ein recht derbes Instrument, das Piotr um seiner Robustheit willen besaß. Es war zwar kein Klangwunder, verzieh dafür aber einen feuchtkalten Abend im Freien. Zu Hause in Mrągowo, so hatte Piotr ihm versichert, habe er ein bessres.

Die Kassiererin schien in Eile, wünschte jedem, den sie verabschiedete, ein frohes Fest. Auch das offenbar eine neue Sitte – zu seiner Zeit hatte man sich während des Dezembers mit Wünschen für das neue Jahr bedacht, und er überlegte, warum Wünsche zum Fest notwendig geworden waren. Drohte das Fest sonst, zu etwas Unheilvollem zu geraten?

Er lauschte auf die Musik, die über allem lag, eine tranige Weise in sechs Achteln, und er entschied sich, die Komposition durch ein paar virtuose Kapriolen zu beleben. Rasch stimmte er die Geige. Der argwöhnische Blick der Kassiererin, der ihn darob traf, blieb ihm nicht verborgen, doch er sah darüber hinweg und begann, das Gehörte in virtuosen Arpeggien wiederzugeben. Gleich wandten sich ihm die Gesichter zu, er sah Überraschung, Freude auch, dann hörte er die Stimme der Kassiererin, lauter als zuvor: »Das dürfen S' aber nicht hier!« Als er sich umdrehte, bemerkte er erstaunt, dass sie sich an ihn richtete, und ohne nachzudenken, verzierte er den nächsten Takt mit einem halsbrecherischen Triller. Er fuhr fort, den Wartenden zuzuspielen, spürte jedoch, dass sie ihn weiterhin im Visier hatte.

»Hallo! Sie!«

Zögernd drehte er den Kopf.

»Sie können hier nicht spielen!«

»Ich find, er kann's recht gut«, rief ein junger Mann aus der Schlange heraus.

»Ja«, pflichtete eine Dame ihm bei. »Lassen S' ihn doch spielen.«

»Nein, das geht nicht«, antwortete die Kassiererin und fügte dann, an Wolfgang gewandt, hinzu: »Jetzt packen S' das Ding wieder ein, bittschön, das dürfen s' hier nicht.«

»Hey, es ist Weihnachten!«, entgegnete der junge Mann, noch ehe Wolfgang etwas sagen konnte, doch die Frau an der Kassa ließ nicht mit sich reden. »Das ist auch an Weihnachten und an Ostern verboten, tut mir leid.«

Verboten! Da hatte er geglaubt, eine redliche Weise gefunden zu haben, ein paar Münzen zu verdienen, und dann war es verboten. Verstand einer diese Zeit, in der der stumperten Musik selbst auf dem Abort zu hören war, doch wenn einer sich anschickte, eine ungleich bessre zu machen, war's untersagt. Kleinlaut packte er Piotrs Geige ins Futteral, schulterte es und machte sich auf den Weg nach draußen.

KAPITEL DREI

O Tannenbaum

Karoline verließ ihren Beobachtungsplatz in der Diele und lief zum Wohnzimmer, machte in der Tür halt und sah in das sich anschließende Erkerzimmer. Dort stand der Weihnachtsbaum. Seit ein paar Tagen stand er da, weil Thomas nur am Wochenende Zeit hatte, ihn aufzubauen. Früher, als sie noch in Dresden gewohnt hatten, hatte der Weihnachtsmann den Baum gebracht und sogar geschmückt, aber hier in Wien musste man dem Weihnachtsmann helfen, und der brauchte dann nur noch die Geschenke zu bringen. Karoline hatte die Strohsterne und kleinen Wichtelmänner aus Filz aufhängen dürfen, die sie mit Mama gebastelt hatte.

Jetzt stand der Baum ganz allein und dunkel dort im Erkerzimmer, aber es lagen noch immer keine Geschenke darunter. Und wenn es so weiterginge, würden den ganzen Abend keine da liegen. Auf dem Sofa im Wohnzimmer nämlich saß Opa und sah sich ein Skirennen an. Karoline schaute eine Weile zu: Leute mussten auf Ski ganz schnell einen Berg hinunterfahren, zwischen langen dünnen Stangen hindurch, die sich manchmal bis zum Boden verbogen. Dazu redete eine laute Männerstimme, und die Zuschauer machten ein ziemliches Geschrei. Karoline seufzte: Wie sollte sich der Weihnachtsmann da ins Zimmer wagen?

Verzweifelt sah sie auf die breite, zweiflügelige Tür, die das Erkerzimmer vom Wohnzimmer trennte: Wenn sie die wenigstens hätte schließen können, aber das ging nicht, weil dort der Esstisch stand, der heute länger war als sonst und an dem später alle zu Abend essen würden.

»Du, Opa ...«, fing sie an, obwohl sie wusste, dass es zwecklos war. Wenn Opa Skirennen schaute, war er nicht ansprechbar. Und er würde sich nicht von diesem Sofa runterbewegen. Ihre einzige Hoffnung bestand darin, dass Opa den Weihnachtsmann genauso wenig bemerken würde, wie er jetzt Karoline bemerkte.

Strumpfsockig huschte sie durchs Wohnzimmer

und schlängelte sich am Esstisch vorbei. Sie hatte mitbekommen, wie Mama und Thomas darüber gesprochen hatten, wo der Weihnachtsbaum stehen sollte. Thomas wollte ihn in die Diele stellen, weil die eh so groß sei und weil das hübsch ausschauen würde. Mama hatte gemeint, dass man dort immer um den Baum herumlaufen müsse, und dann hatte sie noch gesagt, dass der Weihnachtsmann es in der Diele viel schwerer hätte, die Geschenke zu bringen, weil ständig irgendwer in der Diele oder in der Küche sei. Ins Erkerzimmer käme er viel leichter, man müsse nur das Fenster auflassen. Da hatte Thomas ihn ins Erkerzimmer gestellt.

Thomas war Mamas neuer Freund. Letztes Weihnachten hatte Karoline noch allein mit Mama in Hernals gewohnt, in einer ganz kleinen Wohnung. Die jetzige war riesig, weil jeder ein Zimmer brauchte, auch Max und Hannah, die Kinder von Thomas. Die waren aber schon viel älter als Karoline, weswegen keiner mit ihr spielen mochte.

Mit angehaltenem Atem stand Karoline vor dem Tannenbaum. Noch waren alle Lämpchen daran dunkel und die Dochte der Kerzen schneeweiß. Später würde er hell strahlen, und dann würde sie so ein Schauer überkommen wie im letzten Jahr, als die Tür zum Wohnzimmer geöffnet worden war und der erleuchtete Baum auf einmal dort gestanden hatte. Und der Gedanke, dass dieser dunkle und der Strahlebaum nachher derselbe Baum sein sollen, kam ihr plötzlich eigenartig vor. Sie sah nach den Fensterscheiben hinter dem Baum: Sie waren alle geschlossen! Schlagartig stiegen Tränen in ihr auf. So kam er niemals hinein! Sie kniff die Lippen zusammen. Vorsichtig, um keine der Kugeln zu Fall zu bringen, schlich sie hinter die Tanne. Sie musste sich auf die Zehenspitzen stellen, um den Griff des Fensters erreichen zu können. Es waren schöne, altmodische Griffe, die sie oft betrachtete, weil die Enden zu kleinen Schnecken geschlungen waren. Kalte Luft strömte ins Zimmer, sie konnte hören, wie der Baumschmuck sich ganz leise im Luftzug bewegte. Ehrfurcht erfasste sie. Sie hob ihr Gesicht an den Fensterspalt.

»So«, flüsterte sie nach draußen. »Jetzt kannst du kommen.« Nun musste sie nur noch dafür sorgen, dass Opa vom Sofa verschwand. Mit einem zufriedenen Gesicht lief sie ins Wohnzimmer zurück.

»Opa?«

»Hm.«

»Opa, du musst jetzt …«

»Komm, mach das Fenster wieder zu, Kind. Wird ja eisekalt hier.«

»Nein, Opa, das muss aufbleiben!« Karoline

stemmte die Hände in die Seiten und versuchte, ein Erwachsenen-Gesicht zu machen. »Und du musst hier weg. Sonst kommt der Weihnachtsmann nicht rein.«

»Doch, doch«, murmelte er, ohne den Blick vom Fernseher zu nehmen. »Der kommt überall rein.«

»Nein, tut er nicht. Er will nicht, dass man ihn dabei sieht.«

»Jetzt guck mal, gleich fliegt er hin!« Kopfschüttelnd zeigte Opa auf den Fernseher.

Karoline drehte sich um und marschierte zur Küche, wo ihre Mutter gerade vor der geöffneten Backofentür hockte und leise schimpfte. Es war kein böses, eher ein verzweifeltes Schimpfen, irgendwas schien nicht zu funktionieren. Mama fand es schwer, für so viele Leute zu kochen, aber sie wollte es unbedingt tun. Es würde ihr Freude machen, hatte sie zu Thomas gesagt.

»Mama! Opa sitzt immer noch im Wohnzimmer! Und das Fenster war zu!«

Mama klappte die Ofentür zu, stand auf. »Nicht so schlimm, mein Schatz. Der Weihnachtsmann kommt eh erst später. Bis dahin hole ich den Opa da raus.«

»Wann kommt er denn?«

»Kann ich nicht genau sagen. Später. Wieso gehst du nicht in dein Zimmer und malst ihm noch was Schönes?«

Karoline gab nur ein Brummen von sich. In ihrem Zimmer war Sunshine, die Großmutter von Hannah und Max. Sie hatte bereits ihre ganzen Sachen auf Karolines Bett verstreut und zog ein Kleid nach dem anderen an und wieder aus.

»Mir ist langweilig.« Sie sah zu, wie ihre Mutter Zwiebelstücke in eine Pfanne warf, rührte und schließlich Wein darübergoss, dass es zischte. »Kann ich mitmachen?«

Jetzt war es Mama, die »Hm« sagte. »Irgendjemand kann doch bestimmt was mit dir spielen.«

»Ne, hab schon gefragt. Opa guckt die ganze Zeit Ski, und Thomas muss dringend was am Computer machen, und Hannah will sowieso nicht und …«

»Ui, hier riecht es aber gut!« Sunshine kam auf hohen Schuhen in die Küche, langte an Mama vorbei nach einer Gabel und fischte sich etwas aus einem der Töpfe. »Heiß«, sagte sie mit vollem Mund. »Aber großartig!«

Man darf nicht mit vollem Mund reden, hätte Karoline gern gesagt, aber sie war sich nicht sicher, ob diese Regel für jemanden wie Sunshine galt. Sie betrachtete das zipfelige Flatterkleid, das sie anhatte. Karoline kannte niemanden, der solche Kleider trug, erst recht keine Oma. Und sie konnte sich auch nicht vorstellen, dass Sunshine tatsächlich eine Oma und sogar Thomas' Mutter war. Immer sang sie englische Lieder und bewegte sich dabei wie ein Popstar. In Wirklichkeit hieß sie gar nicht Sunshine, sondern Waltraut, aber so durfte man sie nicht nennen. Waltraut, wie Karolines Großtante in Dresden, und die wiederum hatte immer hellbraune Hosen an und wurde Traudel genannt.

Jetzt öffnete Sunshine den Schrank, nahm zwei Gläser heraus und schenkte Wein ein. »So, nun machen wir's uns ein bisschen gemütlich, Sonjalein.«

Karoline sah, wie Mama für einen Moment die Augen schloss und tief Luft holte. »Kannst du mal eben auf das Gemüse aufpassen, Sunshine?« Dann nahm sie Karoline an der Hand. »Komm mal mit.«

Sie gingen über den Flur zu Max' Zimmer. Mama klopfte, bevor sie öffnete, was sie bei Karoline nie tat. Max saß vor dem Computer.

»Max?«

Max brummte etwas.

»Max, kannst du bitte mal den Computer ausmachen, es ist Heiligabend.«

»Papa ist auch am Computer.«

Mama schloss wieder die Augen. Aber nur kurz. »Dein Vater muss etwas arbeiten, er ist gleich fertig. Sei doch bitte so lieb und geh mit Karoline nach draußen. Schaut nach, wo der Weihnachtsmann bleibt. Vielleicht findet ihr ihn ja.«

Max drehte sich auf dem Stuhl herum, sah Mama, dann Karoline, dann wieder Mama an. »Nicht dein Ernst, oder?«

»Geht bitte gleich, damit es nicht zu spät wird mit der Bescherung.« Damit ließ sie Karolines Hand los und ging. Max drehte sich wieder zu seinem Spiel. Karoline trat neben ihn und sah ihm eine Weile zu. Sie war fasziniert von den leuchtenden Händen der Figur, die Max so schnell über den Bildschirm hopsen ließ, dass einem fast übel davon wurde.

»Komm, wir gehen raus.«

»Ich renn doch jetzt nicht da raus in die Kälte.«

»Aber Mama hat gesagt, wir sollen.«

Er hob die Schultern. »Dann geh doch mit deiner Mama.«

Karoline schluckte. So, wie er *Mama* sagte, tat es ein bisschen weh. »Mama kann aber nicht«, sagte sie leise. »Die muss kochen. Deswegen sollst du mit mir gehen.«

»Vergiss es.« Er tippte sich an die Stirn. »Weihnachtsmann suchen! Ist eh sinnlos.«

»Ist es nicht. Er kommt in jede Straße, wenn er in unsere kommt, können wir ihm sagen, dass er ins Erkerzimmer muss.«

»Super! Und woran willst' ihn erkennen? Am roten Mantel und dem Bart?« Er griff hinter seinen Bild-

schirm, zog etwas Rotes hervor – eine Weihnachts-
mütze – und setzte sie sich auf den Kopf. »Trara! Ich
bin der Weihnachtsmann.« Er nahm eine verstaub-
te Darth-Vader-Spardose, schüttelte sie und tat, als
wollte er damit nach Karoline schlagen. »Und das ist
der Krampus, den hat er immer bei sich, zum Verprü-
geln!« Karoline erschrak. Er stellte die Figur auf den
Tisch zurück. »Und jetzt lass mich zufrieden mit diesem Schwachsinn.«

»Das ist kein Schwach…«

»Totaler Schwachsinn. Hör zu: Es gibt keinen
Weihnachtsmann. Und auch keinen Krampus und
kein Christkind und keinen Osterhasen. Das erzäh-
len bloß die Eltern den Babys.« Für einen Moment sah
er sie ganz eindringlich an. »Wird Zeit, dass du's ka-
pierst.«

Etwas Kaltes durchfuhr sie. Ihre Lippen wurden
hart und fest. Aber dann musste sie daran denken, wie
oft er sie schon mit Sachen geärgert hatte, die gar nicht
stimmten, und am liebsten hätte sie etwas erwidert,
womit sie ihn auch hätte ärgern können. Aber im Ärgern war sie nicht gut, vor allem nicht bei Max. »Gibt
es wohl«, flüsterte sie entschieden. Und dann, etwas
lauter: »Du lügst ja bloß.«

Max zuckte wieder mit den Schultern. »Frag Hannah. Die wird dir vermutlich sagen, dass der Weih-

nachtsmann eine Erfindung von Coca-Cola ist. Was meinst du, warum der rot-weiß angezogen ist?«

»Stimmt überhaupt nicht! Den Weihnachtsmann gab's schon, als meine Mama klein war, und das war in der DDR, und da gab's überhaupt kein Coca-Cola, das war nämlich verboten, wegen dem Kommonismus!« Sie warf ihm einen triumphierenden Blick zu, drehte sich auf der Ferse um und schlug die Tür hinter sich zu. Mit heftig klopfendem Herzen blieb sie neben der Küche stehen. Sie konnte hören, wie Sunshine auf Mama einredete, während es zischte und klapperte. Sie schlich weiter. Die Tür zum Schlafzimmer, in dem Thomas vor dem Computer saß, stand halb offen. Sie mochte Thomas, und wenn sie ihn etwas fragte, gab er immer gute Antworten. Aber meistens hatte er keine Zeit, oder er war müde. Thomas war Bauingenieur, er musste sich um riesige Baustellen kümmern und war deswegen oft verreist. Zögernd blieb sie in der halb offenen Tür stehen. Auf dem Bildschirm war eine altmodische Kaffeetasse zu sehen, sie hatte das gleiche Muster wie die Teller, die auf dem Esstisch standen. Thomas murmelte vor sich hin, also machte sie leise kehrt. In der Diele nahm sie ihre Finger und zählte. Es waren sieben Leute in der Wohnung, was Karoline eigentlich richtig gut gefiel. Aber niemand, mit dem sie über den Weihnachtsmann hätte reden können.

Alle waren allein in ihren Zimmern mit irgendwas beschäftigt. Und auch Mama schien sich nicht wirklich zu unterhalten, man hörte immer nur Sunshines Stimme.

Für eine Weile stand sie da und lauschte auf die Geräusche: Das Klacken der Tastatur, das Surren der Dunstabzugshaube, die Piepsgeräusche vom Computerspiel, das Scheppern der Töpfe, die Stimme des Skirennensprechers und das Geplapper von Sunshine. Aber lauter als alles dröhnten die Worte in ihrem Kopf: *Es gibt keinen Weihnachtsmann.*

Und auf einmal wusste sie, was sie zu tun hatte: Sie musste hinausgehen und ihn finden. Wenn niemand sie begleiten konnte, dann ging sie eben allein. Und dann würde es auch richtig weihnachtlich werden.

Auf Strumpfzehenspitzen schlich sie sich an der Küche vorbei zum Garderobenschrank, öffnete die Schiebetür, so leise sie konnte, und nahm ihren Mantel und die Stiefel heraus. Leise schob sie die Schranktür wieder zu. An dem kleinen Brettchen neben der Tür hing Mamas Hausschlüssel. Ohne darüber nachzudenken, nahm sie ihn vom Haken, steckte ihn in die Manteltasche, öffnete die Wohnungstür und schlüpfte ins Treppenhaus.

KAPITEL VIER

Rudolph the red nosed reindeer

Wolfgang durchquerte die Menge, bis er unversehens vor dem Domtor stand. Melancholie überkam ihn beim Anblick der wohlvertrauten Mauern. Wie oft war er einst an diesen Steinen vorübergegangen, ohne ihnen Beachtung zu schenken, und erst recht, ohne zu ahnen, dass er – in unvorstellbar ferner Zeit – erneut daran vorbeiginge, wenn sich alles, was er kannte, gewandelt hatte und keine Gepflogenheit mehr den seinigen entsprach. Er empfand Erleichterung, dass wenigstens diese Kirche noch dort stand wie ein Anker in der Zeit.

Andächtig hob er den Blick zum Himmel empor und sandte ein kurzes Gebet an seinen Schöpfer.

Und wie er in das tiefe, satte Blau schaute, fiel ihm mit einem Mal der Stern ein. Ein ganz kleiner Bub von drei, vier Jahren mochte er gewesen sein, als er in der Weihnachtsnacht, an der Hand des Vaters, einen leuchtenden Sternenschweif am Firmament bewundert hatte. Er konnte sich noch gut an die Aufregung seiner älteren Schwester Nannerl erinnern. Auch in den Tagen darauf war er zu sehen gewesen. Fortan hatten sie sich jedes Jahr in der Weihnachtszeit auf die Suche nach dem weisen Stern gemacht, der den heiligen Königen den Weg zur Krippe des Herrn gewiesen hatte. Doch er war ihnen nie mehr erschienen. Und jetzt würde er ihn überhaupt nicht mehr zu sehen bekommen, selbst wenn er tatsächlich über den Himmel zöge: So viel Helligkeit war allenthalben, dass sie den Sternen das Leuchten verpfuschte.

Mutlos senkte er den Kopf. Er hörte, wie drinnen im Dom die Orgel gespielt wurde, und verharrte lauschend. Das war nicht jenes Instrument, das zu seiner Zeit am Heiligen Abend gespielt worden wäre – und von einer Erhabenheit konnte kaum die Rede sein: Mumpfige acht Füße und schreiende Mixturen, die allenfalls die Hochnotpein des Organisten ausdrücken sollten – der indes recht ungewöhnliche Harmonien fand. Ein Choral vom alten Händel, allein die Singstimme blieb aus, und er musste an Constanze den-

ken, wie sie derlei einst mit Hingabe gesungen hatte –
in den Jahren, da sie noch bei Kräften gewesen war.

Ob er sich also hierhin postieren sollte, das Feh-
lende mit der Violin zu ersetzen? Schon war er dabei,
die Geige aus Rucksack und Futteral zu nehmen. Im
Innern des Doms würde man ihn vermutlich ebenso
verjagen wie in dem Warenhaus zuvor, und die hier
draußen trugen ihre Ohren ganz offenbar nur zur
Dekoration am Kopf, aber vielleicht hörte der Herr
im Himmel ihm zu. Und er verbot sich den bissigen
Gedanken, dass womöglich auch im Himmel droben
mittlerweile das Halleluja so allgegenwärtig schallte,
dass selbst der Herrgott seine Ohren längst verschlossen hatte.

Er wartete den nächsten Taktstrich ab, setzte den
Bogen an und stimmte ein. Die Geige war ein wenig
rau und das Spiel mühsam, doch er mahnte sich zur
Demut und suchte Trost in dem Umstand, dass die
Musik, die er spielte, noch ungleich älter war als er
selbst.

Den aufgeklappten Rucksack und das Futteral hatte er vor sich aufs Pflaster gelegt, sein Auditorium jedoch glich jenem in den Gaststuben, in denen er mit
Piotr aufgespielt hatte: Es nahm ihn nicht zur Kenntnis. Nur dann und wann warf einer Wolfgang einen
Blick zu oder hielt gar für einen Atemzug inne. Kaum

einer indes griff in die Tasche. Nur ein paar lächerliche Münzen lagen in dem roten Samt, für eine Zeche würde es niemalen reichen, erst recht nicht für eine dem Festtag angemessene.

Inzwischen war die Orgel im Dom zum Ende gekommen, er vernahm die Stimme des Pfarrers, unnatürlich laut, doch über diese Art der Verstärkung hatte er sich zu wundern aufgehört. Er ließ den Herrn Händel zugunsten des Herrn Bach hinter sich, widmete sich mit Inbrunst dessen Weihnachtsoratorium und fragte sich, warum er selbst nie etwas für das Weihnachtsfest komponiert hatte, das hätte ihm gewiss etliche Zechen eingespielt. Während er die Menschenmenge betrachtete, die ihn weiterhin ignorierte, überkam ihn Zorn: Hier stand er nun, einer der größten Compositeure aller Zeiten, mit nichts denn einer miserablen Violin in der Kälte, meisterlich spielend und dennoch um sein Abendbrot bangend! Er hätte nicht geigen, sondern brüllen mögen!

Erbost biss er die Zähne zusammen, ließ Bach Bach und Händel Händel sein und fiel stattdessen voller Verdruss in die Simpelei ein, die als Tenor über den Platz tönte, begleitet von einem piepsigen Instrument, das den Namen nicht verdiente und dessen Töne – frei von jeglicher Modulation – ihm körperliche Schmerzen bereiteten.

Zunächst leierte er die Melodie spöttisch in der gleichen Weise herunter, woraufhin ihn sogleich der Selbstekel überkam. Also begann er, Tonleitern dazwischenzusetzen, alles mit Trillern und schließlich mit hopsenden Sechzehntelläufen zu verzieren, doch was er auch tat: Die Menschen, die über den Platz eilten, erschienen ihm wie immer schneller Gejagte, zu keinem Moment des Innehaltens und der Muße fähig. Und selbst jene, die scheinbar müßig zwischen den Buden standen und Becher mit Punsch in den Händen hielten, waren von einer Unruhe oder gar Erregung erfasst, aus der er nicht schlau wurde, die aber etwas mit dem Weihnachtsfest zu tun haben musste. Unaufhörlich wünschte man sich frohe Weihnachten oder ein frohes Fest, als müsse man sich stets aufs Neue des Festes vergewissern, ja, als liefe man gar Gefahr, es ansonsten zu vergessen. Dabei wurde er den Eindruck nicht los, dass all die Aufregung längst um ihrer selbst willen geschah: Alles lärmte, doch keiner schien mehr zu wissen, warum.

Trotz der Geige an seinem Kinn musste er den Kopf schütteln. Ja nahm es denn wunder, dass einem bei so viel Zinnober der Sinn der Weihnacht entfiel? Und dieweil er einer mehr als fragwürdigen Composition mit deppertem fünftonigem Refrain ein paar Synkopen versetzte, überlegte er, welchen Sinn er selbst dem Weihnachtsfest beimaß. Ein hohes Fest, gewiss, und er war seiner Pflichten, im Advent zu fasten und an den Weihnachtstägen die Geburt Christi zu loben, stets nachgekommen. Allerdings waren ihm Musik und Obliegenheiten stets wichtiger und die Zeit so knapp gewesen, dass er die Feiertäge nicht selten mit Komponieren verbracht hatte.

Von der nächstgelegenen Bude tönten Rufe. Neugierig sah er hinüber, um dann festzustellen, dass der Lärm ihm galt. Einige der Zechenden hoben ihre Becher in seine Richtung, sie fanden offenbar Gefallen an jenem Blödsinn, den er mit den Synkopen fabrizierte, und er beeilte sich, den Rhythmus noch weiter in jener Weise zu verziehen, wie es in dem blauen Lokal gebräuchlich war. Allein der Beifall blieb aus. Rudolf, rief ihn einer an, Rudolf. Allem Anschein nach wurde er verwechselt. Dennoch setzte er kurz ab, machte eine leichte Verbeugung und wies mit dem Bogen auf das aufgeklappte Futteral. Und tatsächlich zog einer daraufhin sein Portemonnaie aus der Gesäßtasche seiner blauen Hose und warf Münzen in den roten Samt. Wolfgang quittierte mit einer wilden kleinen Kadenz.

»Spielst uns den Rudolf, ja?«

Rudolf. Herrje. In Windeseile durchforschte er sein Hirnkastl nach einem Compositeur dieses Namens, doch es fiel ihm kein nennenswerter ein. Ganz gewiss wurde hier etwas von ihm verlangt, das er nicht kannte. Unwillkürlich huschte sein Blick zu dem Geld im Futteral, das also an eine Auflage gebunden war, die er nicht zu erfüllen vermochte. Er verzerrte den Mund zu einem Grinsen und hob die Schultern.

»Ja geh«, blaffte ihn der andere an, schüttelte den Kopf und blickte seinerseits auf das eben gespendete Geld, ehe er sich zu den anderen zurückgesellte. »Kannst' den etwa ned?«

»Rudolf«, tönte es nochmals aus der recht punschseligen Truppe, wobei sich ein Frauenzimmer immer wieder die geballte Faust vor die Nase hielt und damit blödtrunken vor ihm herumhampelte. Verzagt fuhr er fort zu spielen, vernahm noch ein paarmal die unverständliche Aufforderung und registrierte schließlich, wie die Truppe von dannen zog, ohne ihn eines weiteren Blicks zu würdigen.

Mittlerweile war die Finsternis hereingebrochen, was er indes nur bemerkte, weil er für einen Moment nach oben geschaut hatte. Dann und wann klimperte eine kleine Münze ins Futteral, doch allmählich leerte sich der Platz, offenbar hatten die Geschäfte die Tore geschlossen, die Messe war ebenfalls vorüber, und er bangte, ob es ihm noch gelänge, ausreichend Geld für eine Mahlzeit zu erspielen.

KAPITEL FÜNF

White Christmas

Da bemerkte er die Kleine. Sie stand etwas abseits neben einer Bude, beobachtete ihn aufmerksam, und ihm war, als stehe sie bereits eine ganze Weile dort. Sie schien auf etwas zu warten, gewiss auf Mutter oder Vater, folgerte er und hielt Ausschau unter den Zechern an den nächsten Buden, doch es war niemand dabei, der dieser kleinen Demoiselle zugehörig schien. Sie mochte in ihrem sechsten oder siebten Jahr sein. Irgendetwas an ihr irritierte ihn.

Mittlerweile fror er gotterbärmlich. Zwar hielten Piotrs Überzieher um den Leib herum der Kälte einigermaßen stand, doch seine Füße in den weichen weißen Schuhen hatte sie längst ertauben lassen und kroch nun beharrlich seine Beine empor.

Er überschlug die Summe im Geigenfutteral – auf die Einkehr in ein warmes Gasthaus würde er wohl verzichten müssen, aber für einen heißen Punsch und eine gebratene Wurst mochte es reichen. Auf ein oder zwei letzte Liedchen wollte er noch Hoffnung setzen, ehe er sich stärken und nach Hause gehen würde.

Die Musik, die nun über den Platz schallte, war indes eine andere, er vermutete, dass eine Silberscheibe im Spiel war, wahrscheinlich hatte jemand sie ausgewechselt, und er empfand einen kleinen Stolz auf seine Kenntnis. Statt des stupiden Geklimpers erscholl ein pomphaftes Orchester aus Bläsern und Streichern, das jeden Ton mit Blattgold verzierte. Ein sonorer Tenor war hinzugekommen, der auf Englisch gefühlig von den Freuden einer weißen Weihnacht sang.

Mit einem Mal drängte es ihn, dem Gesälbe etwas Grobes, wahrhaft Brachiales entgegenzuspielen, das Contraire aller Lieblichkeit, das er jedoch mit seiner Geige kaum würde zustande bringen. Es fiel ihm auch kein Instrument ein, das dieser rabiaten Lust gerecht geworden wäre, nicht einmal der stärkste Contrabasso, begleitet von tiefen Pauken, hätte ausgereicht, und er fühlte eine wilde Sehnsucht aufsteigen nach einem wahrhaften Hölleninstrument! Alles, was er mit seiner

Geige vermochte, waren harsche Stakkati und schräge Glissandi in den tiefsten Tönen, die an den leibhaftigen Krampus gemahnten, und während er sie in den Heiligen Abend hinausdrosch, wünschte er sich nichts mehr, denn eine Unterredung mit dem Herrgott führen zu dürfen! Zu gern hätte er ihn gefragt, wie er es hatte zulassen können, derartigem Schwulst den Namen Weihnachtslied zu verpassen. Er endete mit einer ebenso geschwinden wie brachialen Improvisation auf dem G, dass es ihn fast außer Atem brachte.

Von diesem Sturm erschöpft, sah er sich um. Sein Blick fiel erneut auf das kleine Mädchen. Es stand noch immer allein neben der Bude, hielt die Hände in den Manteltaschen verborgen und beobachtete ihn mit großer Attente. Fast hatte es den Anschein, als stünde die Kleine seinetwegen dort in der Kälte. Er zögerte. Am liebsten hätte er die Geige eingepackt, aber der Gedanke, den Platz zu verlassen, ehe das Kind in rechter Obhut war, missfiel ihm. Er sah sich abermals um, doch da war tatsächlich niemand, der dem Mädchen zugehörig schien. Was, wenn es sich verirrt hatte? Doch ehe er sich's versah, stand sie plötzlich vor ihm und sah forsch zu ihm empor.

»Warum bist du wütend?«

Überrascht starrte er sie an. Für einen Gedankenschlag nur überdachte er das Wort – wütend – und registrierte, dass es über die Jahrhunderte hinweg wohl zusammengeschnurrt sein musste, von wutentbrannten drei Silben auf zwei. Er seufzte. Selbst bei den Worten sparte man an der Zeit.

»Schau an«, antwortete er. »So hat es doch jemand vernommen.«

»Du musst aufpassen, sie kann kaputtgehen.«

»Wer?« Stirnrunzelnd beugte er sich zu ihr herab.

Sie streckte ihre Hand aus und deutete mit strengem Gesicht auf Piotrs Geige, als wüsste sie um die besondere Verantwortung, die er dafür trug.

»Ah, die Violin? Sei unbesorgt, liebes Kind, das ist ein Instrument, das weit mehr aushält denn ein paar gewaltigere Töne.« Und zum Beweis drosch er eine Reihe rabiater Abstriche auf G und D ein, drehte schließlich den Bogen um und hieb mit dem Holz auf die Seiten, dass es wie heftiger Regen klang. »Schau, wahrhaften zäh ist sie!«

Die Augen des Mädchens hatten sich zusehends geweitet. Er konnte sehen, dass sie tief einatmete. »Dann ist sie dein …« Sie flüsterte kaum hörbar, sah ihn an, dann die Geige, dann wieder ihn. »… Krampus?«

Erstaunt musterte er sie. »So hast du auch dies gehört?« Er lachte auf. »Fürwahr, der Krampus, ja! Der könnt einen recht das Fürchten lehren – allein: Sie hören es nicht.« Schwungvoll wies er mit dem Bogen in die deutlich lichter gewordene Menge. »Sie fürchten ihn nicht.« Vertraulich neigte er sich wieder zu ihr: »Gleichwohl sie gut daran täten!«

»Okay«, sagte sie gedehnt, sie schien angestrengt nachzudenken. »Bist du deswegen so böse?«

Was für eine bemerkenswerte kleine Person hatte er da vor sich! Die hatte mehr Gespür für die Musik als alle anderen zusammen. Er ging in die Hocke, um die Münzen aus dem Kasten zu sammeln und zu zählen und um das Mädchen näher zu betrachten. Sie trug ordentliches Schuhwerk und einen feinen Tuchmantel, war also sicherlich aus keinem schlechten Hause.

»Ich hoffe, das Fräulein ist nicht allein unterwegs bei dieser Dunkelheit.«

»Wieso bist du so böse gewesen?« Sie ließ nicht nach.

»Weil es eine Schande ist, was man der Heiligen Weihenacht antut mit dieser Musik und dem ganzen Schmarrn.« Er senkte die Stimme. »Und weil der Herrgott sich das gefallen lässt.«

Sie erwiderte nichts, nickte nur wissend. Ganz deutlich überkam ihn das Gefühl, kein Kind, sondern einen Menschen voll tiefer Lebensweisheit vor sich zu haben. Doch während er die Geige in ihr Futteral bettete und die kleinen Füße vor sich sah, mahnte er sich zur Vernunft und erhob sich.

»Nichtsdestotrotz sollte die Demoiselle nun nach Hause gehen. Ist die Frau Mutter nicht zugegen?«

Auf diesem Ohr jedoch schien sie taub zu sein. »Du kommst von ganz weit her, stimmt's?«

Er schluckte. »O nein«, entgegnete er hastig. »Nein, nein, gewiss nicht. Es sind nur ein paar Schritte, das versichere ich.«

Sie schüttelte den Kopf. Ein kaum merkliches Lächeln umspielte ihre Lippen. »Ich weiß, wer du bist«, sagte sie leise.

Er spürte, wie das Blut aus seinem Gesicht wich. Kurz öffnete er den Mund, suchte fieberhaft nach einer Erwiderung, doch vergebens. Und während sie ihn weiterhin mit ihrem Blick fixierte, überkam ihn die Ahnung, dass diese Person, so jung sie erschien, ein Wissen in sich trug, dem er sich würde fügen müssen. Das war kein gewöhnliches Kind, sondern eines, das um seine Gedanken und Nöte wusste. Vielleicht war es gar kein Kind. Seine Gedanken überschlugen sich: Was, wenn der Herrgott seinen Ruf erhört hatte und sich ihm stellte?

Augenblicklich sank er auf die Knie, als wolle er das Futteral schließen, starrte das Wesen in dem grauen Mäntelchen ehrfürchtig an, senkte den Blick, hob ihn dann wieder.

Er setzte an zu sprechen, brauchte indes drei Anläufe, weil er im ersten nur ein Japsen und im zweiten nur ein Stammeln zustande brachte. »So seid Ihr … seid Ihr gekommen, mich zu holen?«

»Ja.« Kerzengerade stand das möglicherweise göttliche Wesen vor ihm und nickte huldvoll. »Weil du nämlich weißt, wofür Weihnachten gut ist.«

Schauder durchfuhr ihn. Eine Prüfung! »Herr …« Zögernd hielt er inne. Etwas, das er nicht zu benennen wusste, hinderte ihn, den Herrn mit dem ihm gebührenden Namen anzusprechen, solange er in Gestalt eines kleinen Fräuleins erschien. Er spürte, wie es in ihm tremolierte. »Wie darf ich Euch nennen?«

»Ich heiß Karoline.«

»Karoline«, wiederholte er, entledigte sich mit größter Eile seines Handschuhs und ergriff voller Ehrfurcht die ihm dargebotene Hand. Doch die Hand fühlte sich nicht anders an als die Hand eines Kindes, und im selben Moment erfasste ihn die Gewissheit, dass es nicht anders sein konnte, als dass der Höchste selbst sich in der geringsten aller denkbaren Personen zeigte. Abermals neigte er sein Haupt, sah wieder auf.

Mit einem Zwinkern fügte das Karolinewesen hinzu: »Und wie du heißt, weiß ich ja.«

»Gütiger Gott!«, entfuhr es ihm, und vor Scham schlug er beide Hände vors Gesicht. »Verzeihung!«, rief er aus. »Ich meinte nur … auf meinem Weg hier durch das irdische Jammertal bin ich zu dem Schlusse gekommen, dass es besser ist, mich nicht als der zu offenbaren, der ich bin. Wenn es also Euch beliebt, Karoline, mich weiterhin hier wandeln zu lassen, so bitt ich Euch, lasst mir die Gnade zuteilwerden, meinen Namen nicht auszusprechen!«

Das göttliche Karolinewesen schien seine Worte zu überdenken. Wieder kam ein gedehntes »Okay« zur Antwort. »Aber so altmodisch, wie du redest, merkt man sowieso, wer du bist.«

Betreten hauchte er ein kleines Sospiro in die Kälte. »Ich bin noch nicht allzu lange hier …«

»Ach so, ja klar.« Kindliche Neugier stand in dem zierlichen Gesicht mit der Stupsnase. »Wie lange brauchst du denn eigentlich?«

»Wie lange?« Nun erzitterte er erst recht. Gewiss ging die Rede vom Requiem, dessen Fertigstellung – dessen war er ganz sicher – er seinen Aufenthalt in dieser merkwürdigen Zeit zu verdanken hatte. Statt ihn rechtschaffen sterben zu lassen, hatte man ihn noch einmal einberufen und sich dabei – so seine kühne Vermutung – schlicht in der Zeit vertan.

»Ich bitte vielmalen um Nachsicht, aber es war mir in der Kürze der Zeit noch nicht möglich, alles bis ins Letzte zu Ende zu bringen, doch war ich mit allem Fleiß bei der Sache, und es ist so gut wie fertig …«

Er wurde mit einem dankbaren Lächeln belohnt. »Super! Und du hast ja noch ein bisschen Zeit. Aber ich meine, seit wann du da bist. Also: … hier.« Die Geste, die sie jetzt tat, indem sie gleichsam den Erdboden beschrieb, verstand er wohl.

»Das wisst Ihr nicht?« Verwunderung überkam ihn. »Seit dem fünften Decembris«, erklärte er. »In der Nacht auf den sechsten ist es gewesen.«

»Ach so, klar: an Nikolaus, ist ja logisch.« Die kleinen Hände verschwanden wieder in den Manteltaschen. »Hast du denn überhaupt Zeit, jetzt mitzukommen?«

»Keine Ehre könnte größer sein denn die, Euch zu dienen.«

Das Karolinewesen ließ ein wenig göttliches Prusten hören. »Du bist echt komisch. Aber wieso stehst du eigentlich gerade heute hier und spielst Geige, wo du doch so viel zu tun hast?«

»Nun, meine Umstände sind dermalen so, dass ich …« Er hob die Schultern. »Je nu, das frage ich mich selbst seit Stunden. Wenn nur eine der sterblichen Seelen rechtschaffen zugehört hätte, so wäre es um die erfrorenen Finger nicht schlimm gewesen. Aber so ist es nur vergeblich.«

»Hä?«

»Es lohnt nicht der Mühe. Niemand hört zu!«

»Ich hab dir aber zugehört!«

»Fürwahr«, murmelte er. »So war's wahrhaft um ...
Gotteslohn.« Er warf einen Seitenblick auf sein Gegenüber.

»Wie viel musst du denn noch arbeiten heute?«

»Wenn Ihr erlaubt, ist es genug für heut! Was zu
tun war, ist itzo getan, hier vermag ich nichts mehr
auszurichten.«

»Wie? Du hast jetzt auf einmal alles ...« – das Karolinewesen hielt inne, schien nach Worten zu suchen, beschrieb dann, mit einer weiten Bewegung
der Arme, das offenbar Unsagbare – »... fertig? Überall?« Tiefes, aber, wie ihm schien, auch wohlwollen-
des Staunen stand nun in dem Kindergesicht. Was um
alles in der Welt – oder im Himmel – wurde hier von
ihm erwartet? Welche Großtat hatte er zu erledigen?
Er wagte nicht zu fragen, hob nur scheu die Schultern.

»Super!« Das Gotteskind tat einen kleinen Hüpfer
und klatschte dann in die Hände. »Also kannst du jetzt
mitkommen. Und allen erklären, wofür Weihnachten
gut ist.«

KAPITEL SECHS

Vom Himmel hoch da komm ich her

Er folgte ihr quer über den Domplatz und durch das Gewirr der Gassen, die ihm gleichzeitig fremd und doch vertraut erschienen. Je weiter sie sich von St. Stephan entfernten, desto stiller wurde es. Er betrachtete die Fenster, hinter denen Kerzen oder Girlanden aus kleinen Lichtern brannten, teils waren auch die Austritte damit geschmückt. Alles leuchtete, und mit einem Mal überkam ihn eine beglückende Seligkeit ob all der Wärme, die in den Häusern herrschen musste. Vielleicht war es das, worauf alles hinstrebte, ein Fest der Lichter und der Wärme, und der Gedanke versöhnte ihn etwas mit den Verhältnissen vor dem Dom.

»Wohin führt Ihr mich?«

»Zu mir, nach Hause. Ist nicht mehr weit.« Das Mädchen blieb stehen und musterte ihn stirnrunzelnd.

»Wieso sagst du immer Ihr zu mir?«

»Es geziemt sich wohl des Respekts wegen, Euch mit der gebührenden Ehrerbietung zu begegnen.« Er beugte leicht sein Haupt.

»Hä?« Sie sah ihn an, als hätte sie kein Wort verstanden. Und plötzlich wurde er des weiteren, noch größeren Wunders gewahr, das sich ihm just offenbarte: Zwar trat der Herrgott selbst ihm in Gestalt jener kleinen Person entgegen, doch ohne dass die Demoiselle selbst davon ahnte. Er brauchte einen Augenblick, ehe er vollkommen verstand, was der Herr von ihm erwartete: Dass er nicht nur dem Höchsten, sondern dieser winzigen Person um ihrer selbst willen seinen Respekt erwies. Und während sie weitergingen, durchfuhr ihn eine andachtsvolle Heiterkeit.

»So seid Ihr … äh, bist du ganz allein unterwegs?« Er versuchte, den Rhythmus ihrer beider Schritte in ein Verhältnis zu setzen, doch wenn sie Achtel lief und er Viertel dazu gehen wollte, musste er seinen Schritt anziehen, lief er Halbe, blieb er hinter ihr zurück.

»Nö. Du bist doch bei mir.« Sie sah verschmitzt zu ihm auf, dann auf seine Beine. »Wieso läufst du so komisch?«

Er blickte an sich herab, bis er begriff, wovon die Rede ging. »Weißt du, was eine Vierteltriole ist?«

Sie schüttelte den Kopf.

»Schau her. Du läufst Achteln wie bisher: Eins, zwei, drei, vier, fünf, sechs, sieben, acht ...« Mit einem Griff an ihre Schulter dirigierte er ihr den Rhythmus. »Recht brav voran so. Bei mir sind darob Triolen nötig – eins zwei drei, zwei zwei drei, DREI zwei drei –, dann treffen wir uns wieder, siehst du?«

Sie nickte mit großem Ernst, und für eine Weile tänzelten sie zählend durch den Heiligen Abend.

»So bist du fürwahr ganz ohne Vater und Mutter unterwegs?«

Sie schnürte die Lippen zusammen, legte den Kopf in den Nacken, ließ ihn eine Weile dort und senkte ihn dann abrupt, was wohl einem Nicken gleichkommen sollte.

»Haben die Eltern dich ausgeschickt, eine Besorgung zu machen?«

Statt einer Antwort formten sich die Lippen nun zu einem Schmollmund.

»Wo sind sie?«

»Zu Hause.«

»Sie sind ohne Zweifel in großer Sorge.« Er atmete tief durch. Wer auch immer dieses Kind war, es geziemte sich gewiss nicht, dass es in Begleitung eines

Fremden durch dunkle Gassen lief. Was mochten die Eltern denken, die von jener göttlichen Absicht keine Kenntnis hatten? »Aus welchem Grunde bist du unterwegs? Die dunkle Straße um diese Zeit ist kein Ort für eine so kleine Dame.«

Jäh blieb sie stehen. »Aber wieso weißt du das denn nicht?«

Nun war es wieder an ihm, ihr eine Antwort schuldig zu bleiben.

»Na wegen dem Max. Das ist mein Bruder, also nicht mein richtiger Bruder, aber mein neuer Bruder, und der hat gesagt, dass es dich nicht gibt. Mama wollte eigentlich, dass wir dich suchen gehen, aber Max wollte nicht. Deswegen bin ich alleine gegangen, damit er sieht, dass es dich gibt. Ich hab gewusst, dass ich dich finde. Und jetzt« – ihr Gesicht hellte sich auf – »… guckt der Max ganz blöd, wenn du mitkommst. Und dann musst du allen sagen, wie man richtig Weihnachten feiert.« Sie sah ihn an, ehe sie sich wieder zum Gehen wandte. »Das kannst du doch, oder?«

»Nun, ich kann allemal Zeugnis von jener Gewohnheit geben, mit der ich in jenen fernen Zeiten die Feiertage begangen, worin in der Tat ein großer Unterschied liegt zu dem Heutigen. Doch sind der Jahre nicht wenige verstrichen seither.« Er schwieg nachdenklich, ehe er fortfuhr. »Es war nicht so ein Lärmen allenthalben. Eine Musique am Abend, im Kreis der Familie, und in der Kirchen. Ansonsten hat man können hören, wie der Schnee fällt.«

Sinnend ging er weiter, spürte in seiner Erinnerung dem leisen Geräusch des fallenden Schnees nach, das ihn, frei von Hall und Weite, stets wie eine schützende Mauer umschlossen hatte, senkte dabei die Lider so weit über die Augäpfel, dass er die Lichter in den Fenstern nur als Striche sah und für Augenblicke sich einbilden konnte, zu Hause zu sein und heimwärts durch die nächtlichen Gassen zu laufen. Sofort hatte er das Gepolter der Kutschen im Ohr, das Gekläffe der Straßenköter, die Stimmen aus der Schankwirtschaft, die nach draußen drangen, das Gekeife der Alten nebenan, das zuweilen die halbe Nacht anhielt. Weihenacht.

Er schüttelte den Kopf, wie um die Erinnerungen loszuwerden. Mitnichten Erinnerungen an Festtäge. Ganz gewöhnliche Täge waren es gewesen, an die er dachte – und sosehr er auch überlegte, es wollte ihm, außer der Mette und dem etwas bessren Essen, nichts einfallen, was ihn mit dem Fest verband. Ein Anlass zur Freude, selbstredend, hatte er doch genug Religion im Leib, um sich der Wichtigkeit des Festes bewusst zu sein.

Gerade als er beginnen wollte, sich über die anscheinend fehlenden Gepflogenheiten in der Familie seiner kleinen Begleiterin Gedanken zu machen, blieb sie stehen, zog einen Schlüssel aus der Manteltasche und machte sich damit an einem Hauseingang zu schaffen. Eine ungewisse Aufregung ergriff Besitz von ihm, während er ihr die Stiegen hinauf in die dritte Etage folgte, wo sie vor einer weiteren Türe stehen blieb. Mit einem Klack sprang das Schloss auf, und Wolfgangs Blick fiel in ein Entrée mit weißen Wänden, wie er sie aus Ennos Wohnung kannte. Die Dielen waren honigfarben und glänzten in dem hellen Licht, das aus der Zimmerdecke fiel. Stimmen waren zu hören, von Weibern und Männern, doch schienen sie nicht miteinander zu sprechen, sondern umeinander herum. Er zögerte einzutreten.

»Jetzt komm schon rein, ich muss dich dem Max zeigen.«

Gerade als er den Fuß über die Schwelle setzte, erschien eine Dame – sie mochte etwa sein Alter haben – und stieß, im Moment, da sie das Kind erblickte, einen Schrei aus. »Mein Gott, da bist du ja! Wo warst du denn?« Sie lief auf die Kleine zu, packte sie bei den Schultern und zog sie innigst an sich. Doch Karoline wand sich aus der Umarmung. »Mama, ich …«

»Du kannst doch nicht einfach rausgehen, ohne was zu sagen!«

»Ich hab …«

Er war versucht, sich ins Treppenhaus zurück-
zuschleichen und zu verschwinden, wäre da nicht die
behagliche Wärme und ein unwiderstehlicher Geruch
von Gebratenem gewesen, gepaart mit – er schnüffelte – dem Duft von Punsch!

»Weißt du, was wir uns für Sorgen gemacht haben?«

»Max wollte nicht mit, da bin ich ihn allein suchen
gegangen. Und ich hab ihn …«

»Ach Karolinchen.« Die Frau Mama schüttelte den
Kopf und wuschelte der Kleinen das Haar. »Er war
doch schon da. Du hast ihn gerade verpasst.«

»Hab ich nicht!« Brüsk wandte Karoline sich zu
Wolfgang um und streckte den Arm nach ihm aus.
»Schau, da ist er!«

Ein Mutterblick traf ihn, und er gewahrte die Verwunderung, die sein Anblick schuf. Ihm wurde flau.

Abwartend stand er auf der Schwelle, wagte weder einzutreten noch sich zu verabschieden, riss sich
schließlich zusammen und machte eine Verbeugung
in Richtung der Hausherrin. »Chère Madame, ich
habe die Ehre des Vergnügens, das junge Fräulein
wohlbehalten nach Hause geleitet zu haben. Es schien
mir geboten, indem ich es ganz für sich am Domplatz
fand, und …«

»Stell dir vor, Mama, er hat schon alles fertig!«, fiel Karoline ihm ins Wort, und bei dem Wort *alles* tat sie mit dem Arm wieder eine Geste der Unermesslichkeit. Nun, im Licht, konnte er ihre von der Kälte geröteten Wangen sehen. »Alles! Jetzt hat er ganz doll Hunger, deswegen isst er heute mit uns!«

Es blieb ihm nicht verborgen, wie sich die Augen der Mutter erschrocken weiteten. Die Kleine sah ihn derweil ungeduldig an. »Du musst deine Jacke ausziehen, sonst frierst du, wenn du nachher wieder rausgehst.«

»Karoline, das …« Unschlüssig sah die Mutter von der Tochter zu Wolfgang. Irgendetwas stimmte nicht – zumindest schien die Dame keinerlei Kenntnis seiner wahren Person zu haben. »Guten Abend«, sagte sie schließlich zögernd. »Das ist sehr nett, dass Sie Karoline nach Hause gebracht haben. Ich werde Ihnen …« – ihr Blick wanderte an ihm herab und wieder hinauf – »… etwas dafür geben. Warten Sie, bitte.« Aber sie rührte sich nicht von der Stelle, sondern drehte den Kopf und rief in die Wohnung hinein: »Thomas!«

»Jetzt beeil dich«, flüsterte Karoline und zupfte an seiner Jacke. »Wir müssen zu Max.«

»Thomas!«

Der Gerufene erschien nicht, stattdessen war eine

aufgeregte Stimme zu hören, die Stimme eines älteren Mannes. »Sonja! Hier kocht was über!«

Karolines Mutter zuckte zusammen, warf noch einen unsicheren Blick auf Wolfgang und eilte davon.

KAPITEL SIEBEN

Am Weihnachtsbaume die Lichter brennen

»Komm!« Warme kleine Finger legten sich um sein Handgelenk und zogen ihn mit sich durch das Entrée. Im Vorübergehen konnte er einen Blick in einen funkelnd beleuchteten Raum werfen, in dem die Mutter eilends mit etwas Dampfendem hantierte. Verwundert sah er sich um, und ihm wurde bewusst, dass dies – von Ennos Saustall und Piotrs bescheidener Behausung abgesehen – die erste rechte Wohnung war, die er in diesem neuen Leben betrat.

Neugierig spähte er durch eine weitere, offen stehende Tür. Ein spatiöser Salon, darin ein leuchtender Kasten, wie ein Fenster in eine andere Welt. Fasziniert starrte er darauf, gewahrte einen Menschen, der ein derart enges und wildbuntes Gewand trug, dass er auf den ersten Blick glaubte, sein nackter Körper sei bemalt. Auf dem Kopf trug er einen schillernden Helm, und seine Schuhsohlen waren über Zehen und Fersen hinaus derart verlängert, dass er darauf, in aberwitziger Geschwindigkeit, einen offenbar verschneiten Abhang hinunterfliegen konnte, den Körper dabei wild zuckend bald in die eine, bald in die andere Richtung windend. Eine laute Stimme tönte dazu aus dem Kasten, und ehe Karoline ihn weiterzog, nahm er einen Mann wahr, der dem Kasten gegenüber auf einer klatschmohnroten Chaiselongue saß und gebannt das Spektakel betrachtete.

Wie gern hätte er für einen Moment innegehalten, doch da fiel bereits die nächste Absonderlichkeit über ihn her: Töne, wie er sie nie zuvor gehört hatte, donnernde Stakkati, als zupfe jemand in brachialster Weise Saiten, gefolgt von kreischendem Gehämmer, das ihn an die Maschinen erinnerte, die er in den vergangenen Tagen allenthalben hatte vernehmen müssen, und das sich in einem atemlosen Crescendo nach oben schraubte, als stünde die Welt im Begriff zu zerbersten.

Er fühlte, wie sein Pulsschlag davonstob, und ehe ihn die Erkenntnis überfiel, dass das, was er hörte, eine Art von Musik sein sollte, stand er bereits in dem Raum, aus dem das Höllenspektakel stammte. Ein junger Bursche lümmelte auf einer zerwühlten Bettstatt und hielt ein glänzendes Brett von der Größe einer halben Partiturseite in der Hand, aus dem Licht zuckte. Wolfgang tat einen raschen Schritt zurück, Schwindel erfasste ihn und der Impuls, sich die Ohren zuzuhalten. Angstvoll starrte er das brettartige Ding an: Wenn es eine Hölle gab, dann wurde dort mit solcherlei gefoltert!

»Siehste, hab ihn gefunden!« Karoline rief den Burschen mit froher Gelassenheit an.

Der Angesprochene drehte nur knapp den Kopf zur Seite, ließ einen fragenden Laut ertönen und wandte sich sofort wieder seinem Höllending zu.

Karoline zog Wolfgang tiefer in den Raum hinein. »Er ist hier, guck!«

Das Getöse erstarb, und mit enerviertem Blick fuhr der Junge auf. »Was willst du?« Dann bemerkte er Wolfgang und musterte ihn knapp. »Wer'sn das?«

»Das ist er.« Triumphierend sah Karoline zu Wolfgang. »Gibt ihn nämlich doch. Und du hast gelogen!«

Vom Entrée her hörte man die Stimme der Mutter nach Karoline rufen.

»Na super!« Der Bursche hob die Brauen. »Da wird deine Mami ausrasten vor Begeisterung, dass du an

Weihnachten einen Sandler anschleppst. Und jetzt raus hier.« Mit einem Kopfschütteln drehte er sich wieder um.

Ein Sandler! Empört wollte Wolfgang auffahren, doch unversehens setzte das Lärmspektakel neuerlich ein, und Wolfgang erschrak so sehr, dass er schnellstens hinter Karoline hinaus auf den Korridor stolperte. Eilends zog er die Tür hinter sich zu.

»Was ist ein Sandler?« Der unverstellte Blick des Kindes rührte ihn. Er atmete tief, dabei nahm er den köstlichen Duft wahr, der aus der Küche drang.

»Ein Mensch ohne Zuhause. Was auf mich«, beeilte er sich hinzuzufügen, »keineswegs zutrifft. Ich habe eine ordentliche Wohnstatt, bescheiden zwar, doch rechtschaffen.«

»Der glaubt mir nicht.«

»Wer?«

»Der Max. Der glaubt, es gibt dich gar nicht.«

Wolfgang hob bedauernd die Hände. »Was nicht wundernimmt, kleines Fräulein. Wer mit solchem Höllenspektakel sich die Ohren malträtiert, ist taub für alles andere. Und überdies …«, er machte eine Pause, »… ist in der Tat schwer an etwas glauben, was dem Verstand zuwiderläuft. Außerdem wär ich ihm, selbst wenn er's wüsste, gewiss herzlich egal. Er hat keine Ohren für mich.«

Karoline schien kräftig nachzudenken.

»Es wird das Beste sein, Demoiselle, wenn wir das Geheimnis für uns bewahren. Ich habe in den vergangenen Wochen es damit so gehalten und bin ohne Zweifel, dass es richtig war. Es ist besser, glaube mir, wenn man mich nicht kennt.«

Er sah, wie sie tief ein- und ausatmete. »Na gut. Aber du hilfst mir doch trotzdem, oder? Du hast es mir versprochen!«

Versprochen. Er betrachtete die Kinderaugen, die ihn beschwörend ansahen. Wie sollte er die Prüfung, die ihm hier auferlegt wurde, bestehen? Draußen auf dem Domplatz war er ganz zweifelsfrei zu der Überzeugung gekommen, dass das Christfest noch in dieser Nacht in einen unermesslichen Höhepunkt gipfeln musste ob all des Aufhebens, das darum gemacht wurde. Doch nun stand er hier, inmitten einer fremden Behausung, umgeben von Menschen, die in lichte Kästen starrten oder sich die Ohren mit Lärm zermarterten und sich dabei herzlich wenig um das Fest zu scheren schienen – und nichts geschah. Weihenacht. Unwillkürlich hob er die Schultern. »Ich weiß bei allem guten Willen nichts auszurichten.«

Eilige Schritte waren zu hören. »Karoline?«

Die Mama blieb in einigem Abstand vor ihnen stehen und schaute Wolfgang mit einem Blick an, als fürchte sie sich vor ihm. »Da bist du ja, Karoline. Nun sag dem Herrn schön auf Wiedersehen.«

»Nein, Mama!« Die Kleine griff nach Wolfgangs Hand. »Er muss hierbleiben! Unbedingt!«

Ehe die Mutter etwas erwidern konnte, trat hinter ihr eine weitere Dame aus der Küche. »Ja, servus«, sagte sie gedehnt. »Wen haben wir denn da?« Mit einem Glas in der Hand lehnte sie sich gegen den Türrahmen und musterte Wolfgang interessiert. »Noch ein Verwandter von dir, Sonjalein?« Augenscheinlich war es nicht ihr erstes Glas gewesen.

Wolfgang verbeugte sich und registrierte die schickliche Länge des Kleides, das sie trug. Es war bunt gemustert und mit winzigen Spiegelchen verziert, die es apart zum Funkeln brachten. Darüber, wohl um das nicht mehr ganz frische Dekolleté zu verdecken, trug sie ein Schultertuch mit langen Fransen. Ihre Locken hingegen waren ungebändigt und, wie er fand, recht struppig. An ihrem Arm klirrten bei jeder Bewegung sicher ein Dutzend kleiner Silberreifen.

»Nein, keine Ahnung. Karoline hat ihn mitgebracht.«

Die Struppige trat mit ausgestreckter Hand auf ihn zu. »Hallo! Ich bin die Sunshine.«

Er griff nach der Hand und verbeugte sich abermals. »Das ist gewiss treffend, Madame, seid Ihr doch schön wie die helle Sonne.«

»Großartig.« Sie lächelte amüsiert. »Und sagst' mir deinen Namen auch?«

»Mein N…«

»Nein!«, rief Karoline. »Das ist ein Geheimnis!« Sie legte den Finger auf die Lippen, und dann begann sie zu summen. Zwei Viertel C, zwei Viertel G, zwei Viertel A und schließlich, in jeweils zwei Vierteln, Ton für Ton wieder zurück zum C.

Er erschrak fürchterlich und konnte sich nur knapp beherrschen, dem Kind nicht auch seine Hand auf den Mund zu legen – was freilich das Summen nicht verhindert hätte. »Mon Dieu …!« Energisch schüttelte er den Kopf. »Ein solch frivoles Lied ist gewiss nichts Rechtes für ein so junges Fräulein!«

»Hä? Was soll denn daran frivol sein?«, warf die Struppige kichernd ein. »Ist doch bloß ein Weihnachtslied.«

»Ein Weihnachtslied?« Diese alte Volksweise, für die er einst ein Dutzend Variationen für die kokettesten seiner Klavierschülerinnen geschrieben hatte und deren Text ihm, in Gegenwart des kleinen Mädchens, die Schamröte ins Angesicht trieb? »Dies ist mitnichten ein … Weihnachtslied.« Er begriff die Welt nicht mehr.

»Ja sag bloß …« Madame Sunshine deutete auf die Geige an seinem Rücken. »Kennst' keine Weihnachtslieder? Hast' deine Fidel bloß zur Dekoration dabei? Schad, ich hab gedacht, du spielst uns jetzt was.«

»Oh, ich vermag gewiss etwas Rechtes für Euch zu spielen und kann mit allergrößter Freude gern eine Probe davon geben.« Erleichtert ließ er das Futteral mit der Geige von seiner Schulter gleiten. Wenn er nur Musik machen könnte, würde der Boden unter seinen Füßen gleich fester werden.

»Also, ich weiß nicht …« Mutter Sonja schien wenig begeistert. Dann beanspruchte etwas anderes ihre Aufmerksamkeit, sie hob den Kopf wie ein witterndes Tier.

»Ah geh, lass ihn spielen«, unterbrach Madame Soleil. »Weihnachten mit Live-Musik, das ist doch cool.«

Mit einem Aufschrei drehte sich Mutter Sonja um und floh in Richtung des funkelnden Raums, in dem Wolfgang eine Küche vermutete. Signora Luce del Sole nahm derweil einen Schluck aus ihrem Weinglas und sah ihr nach. »Was hat s' denn?«

»Is was passiert?« Eine Männerstimme, unverkennbar in der Mundart des Sächsischen. Wolfgang fuhr herum und gewahrte den Herrn von der Chaiselongue. Er trug eine etwas zu weite Hose und schlurfte ihnen in Hauspantinen entgegen.

»Irgendwas in der Küche«, gab Frau Sonnenschein zur Antwort. »Vielleicht was angebrannt.«

Der Herr blieb vor Wolfgang stehen und nickte knapp. »Tach. Ich bin der Horst.« Er hielt sich zum Gruß die Hand an eine imaginäre Mütze. »Kommste von draußen? Schön kalt, was? Brauchst erst mal was zu trinken.« Dann wandte er sich an Karoline: »Da gehste mal zur Mama und sagst ihr, sie soll uns en schönen Glühwein machen, nicht wahr?«

Die Kleine nickte freudig und verschwand. Der Mann, der sich Horst nannte, bedeutete Wolfgang mit einer Kopfbewegung, ihm zu folgen. Wolfgang vermutete in ihm den Großvater der Kleinen, führte die Mutter doch auch das Sächsische im Mund, gleichwohl sie es zu verbergen suchte, um sich stattdessen des Wienerischen zu bemächtigen – woraus sich eine entzückende Mélange ergab.

Er betrat hinter Horst den Salon mit der Chaiselongue, der, wie er nun bemerkte, in einen weiteren Raum en suite überging. Im Halbdunkel war dort eine Tafel festlich gedeckt, und dahinter stand ein veritabler duftender Tannenbaum, geschmückt mit glänzendem Zierrat, gleich jenen, wie er sie in den Geschäften und auf den Plätzen hatte bewundern können, und er erinnerte sich, dass er einst einmal an irgendeinem Hofe zur Weihnachtszeit geputzte Bäume vorgefunden hatte, doch konnte er sich beim besten Willen nicht mehr erinnern, wo das gewesen war. Allem Anschein nach hatte sich diese Gepflogenheit ausgebreitet wie eine Karnickelsippe.

»Und wie seid ihr jetzt verwandt miteinander? Bruder vom Thomas?« Horst machte eine Geste aus sich überkreuzenden Händen und ließ sich auf die Chaiselongue sinken. »Setz dich doch.«

Wolfgang tat, wie ihm geheißen. Ganz offenbar war er in eine Familie geraten, in der man sich untereinander kaum kannte, und er überlegte, ob es eine Besonderheit oder eine Üblichkeit war. »Neinnein, ich bin … zu Gast hier, sozusagen, indem das Fräulein Karoline mich bat, sie zu begleiten, als ich sie allein am Domplatz fand.«

»Allein?« Horst hob die Brauen. »Das Karolinchen? Du lieber Schreck! Wieso war se denn alleine dort?«

»Nun, mir scheint, sie war gewissermaßen auf der Suche.«

Horst antwortete mit einem nachdenklichen Kopfschütteln. »Ist ein bisschen durcheinander, die Kleine. Ist ja auch nicht leicht für so 'n Kind«, brummelte er. »Erst die Scheidung, und jetzt alles neu und lauter Leute, die man nicht kennt. Letztes Jahr, da ham wir ja einfach zu dritt gefeiert, nur die Sonja, das Karolinchen und ich. War nicht schlechter, das sag ich dir.«

Er neigte sich nach hinten, als wolle er sich zurücklehnen, bemerkte dann, dass das Möbelstück dies nicht zuließ, und setzte sich wieder gerade auf. »Was macht sie denn mit unserem Glühwein? Ich geh mal gucken.« Mit einem kameradschaftlichen Nicken stand er auf, berührte Wolfgang kurz an der Schulter und verschwand.

Wolfgang sah sich um. Erhob sich leise und durchmaß den Raum, während von der Küche Stimmen zu ihm drangen, ohne dass er sie hätte verstehen können. Er inspizierte den Kasten, der vordem noch geleuchtet und gelärmt hatte und nun schwarz war und schwieg. Warf einen Blick aus dem Fenster, sah in die Häuser gegenüber und registrierte, dass dort ebenfalls Tannenbäume standen, beleuchtet mit vielzähligen Kerzen, was ein recht schönes Bild abgab. Der hiesige stand im Dunkeln. Er trat näher heran, betrachtete die Tafel und zählte die Gedecke – sieben waren es –, und er fragte sich, ob er darauf hoffen konnte, dass für ihn noch eines hinzugefügt würde. Das Porzellan war von feiner, bemalter Art, Silber und Gläser glänzten, und er spürte ein sehnsuchtsvolles Verlangen, an einer solchen Tafel zu sitzen und zu speisen.

Hinter ihm knarzten die Dielen. »Ooh!« Die kleine Karoline trat neben ihn und starrte mit weiten Augen auf den Baum. »Poah!«

»In der Tat, es ist eine rechte Pracht – und ein hübscher Brauch geworden.« Er beugte sich zu dem Mädchen und flüsterte: »In meinen ... früheren Zeiten habe ich dergleichen nur bei Hofe bewundern dürfen.«

»Du meinst da, wo die Prinzessinnen waren?«

»Hmhm ...« Er nickte. »In gewöhnlichen Häusern hat es solcherlei nicht gegeben. Nur ein wenig Buchs zur Verschönerung.« Und im selben Augenblick überlegte er, wie groß der Wald sein mochte, in dem der Förster all die Bäume schlug, derer es in dieser unermesslichen Stadt bedurfte.

»Aber ...« Die Kleine schien angestrengt nachzudenken. »Wie hast du das denn geschafft?«

Verständnislos folgte er ihrem Blick.

»Das mit dem Glühwein wird nichts, sie hat wohl keine Pötte mehr frei.« Horst näherte sich, in der Hand eine Flasche. Er nahm zwei Gläser von der Tafel und schenkte ein. »Karolinchen, mach doch mal Licht hier, man sieht ja gar nichts.« Er reichte Wolfgang ein Glas. »Ich kenn mich hier ja nicht aus, keine Ahnung, wo die ganzen Schalter sind. Aber nu sag mir doch mal endlich, wie du heißt.«

Er neigte den Kopf. »Wolfgang«, antwortete er folgsam und entschied, alles Weitere wegzulassen.

»Freut mich, Wolfgang, zum Wohl.« Horst stieß mit dem Glas gegen seines. »Na denn, auf den Weihnachtsmann.« Just in diesem Moment flammte Licht auf, und Wolfgang gewahrte die bunten Pakete, die auf einem Haufen unter dem Baum lagen, ganz so, wie er es in den Geschäften gesehen hatte. Und das Kind trat neben ihn und musterte ihn in einer Weise, als sehe sie ihn zum ersten Mal. »Du hast aber doch die ganze Zeit da gestanden und Geige gespielt, oder?«

Er wusste nicht recht zu antworten, hob darob die Schultern und trank von dem Wein, der ein recht guter und starker war. Dann, plötzlich, gewahrte er das Instrument. Es lehnte, umwunden von einer riesigen roten Satinschleife, an der Wand neben dem Esstisch. Es musste sich um eine Art Mandoline handeln, wiewohl das Gehäuse dünn und massiv zu sein schien. Ihm war nicht klar, wie man damit einen Ton fabrizieren wollte.

KAPITEL ACHT

Già la mensa è preparata

»Hier ist er.«

Wolfgang drehte sich um. Mit verschränkten Armen stand Mutter Sonja in der Tür, neben ihr ein Mann mittleren Alters, der ihn ausdruckslos ansah, beinahe so, als sehe er durch ihn hindurch. Woran auch immer er dachte, es musste etwas sein, das sich nicht in diesem Raum befand.

»Jetzt sag was, Thomas.« Mutter Sonja stupste ihn mit dem Ellbogen an.

»Hmja.«

»Karoline will, dass er zum Essen bleibt.« Sie sprach leise, doch Wolfgang hatte es dennoch vernommen.

Er stellte sein Glas ab. Kein Zweifel, hier war er nicht länger erwünscht. Und wären nicht die feine Tafel und der köstliche Duft gewesen, so hätte er leichten Herzens die Tür genommen und wäre verschwunden, doch er hatte seit dem Morgen nichts gegessen, und mehr als zwei alte Semmeln mit etwas Confitüre waren es nicht gewesen. Wenn er jetzt ginge, würde er die mexikanische Angelegenheit hinunterwürgen müssen oder vor Hunger nicht schlafen können. Er hatte keine Wahl. Was ihm auf dem Domplatz nicht gelungen war, mochte vielleicht hier gelingen, und wenn der Hausherr ihn erst hörte, so würde er ihn des Hauses schlechterdings nicht mehr verweisen können.

Mit wenigen Schritten ging er auf den Mann zu und verbeugte sich knapp. »Es wird mir eine Freude und allergrößte Ehre sein, Euch eine Kostprobe meines Spiels zu geben.«

»Ja, endlich spielst' was!« Die struppige Frau Sonnenschein war hinter den beiden ins Zimmer getreten und umfing das Paar gemeinsam an den Schultern, was nicht leicht war, denn sie hielt noch immer ein Glas in der Rechten, das drohte überzuschwappen. »Spielst' *Give Peace a Chance*, da, für die zwei hier.«

Hausherr Thomas wand sich aus der Umklammerung und wischte sich über die Schulter. »Sie sind Geiger?«

»Nun, Compositeur in der Hauptsache, und wo es ein rechtes Instrument hat, will mir allzeit das Fortepiano belieben, indes, es trägt sich schlecht herum, nicht wahr, haha!« Mit diesen Worten nahm er endgültig die Geige aus dem Futteral und begann flugs, sie zu stimmen. Er musste spielen, um jeden Preis, und rasch, das spürte er klar.

Ohne nachzudenken, setzte er den Bogen an und improvisierte über eine kleine Melodie, die seit ein paar Tägen durch seinen Kopf schwirrte, ohne dass er bisher etwas Rechtes mit ihr angefangen hätte; er sparte nicht an geschwinden Läufen und spritzigen Arpeggien, spazierte von F nach A und wieder retour, sah dabei immer wieder zur Tafel, und ehe er es recht bemerkte, fand er sich im Motiv von *Già la mensa è preparata* wieder.

Dabei blieb ihm nicht verborgen, dass er wohl den Gusto der Hausherrin getroffen hatte, denn ihr Gesicht hellte sich auf wie der Himmel nach einem Sommergewitter, während Madame Soleil eine Schnute zog. Nun, man konnte es nicht jedem recht machen, hier zählte, sich einen Platz am Tisch zu erspielen, und wenn die Dinge noch so standen, wie sie ehedem gestanden hatten, so oblag solcherlei Entscheidung der Hausherrin.

Als er geendet hatte, war von Mutter Sonja ein

glückseliges Seufzen zu hören: »Wie schön! Wie in der Oper!« Und während sie dem Hausherrn etwas zuraunte, klatschte sie in die Hände.

Horst deutete mit einer Kopfbewegung auf die Geige. »Ist ja schon bemerkenswert, was man alles machen kann mit so einem Ding. Also, ich meine, wenn man's kann.« Er schenkte Wolfgangs Glas nach und reichte es ihm. »Prost, Wolfgang. Aber so richtig schöne Weihnachtslieder kannste doch bestimmt auch spielen?«

»Ja, aber nicht so einen Kitschkram«, rief Frau Sonnenschein dazwischen. »Spiel *Happy Christmas*! Oder *Feliz Navidad*!« Sie fing an zu lachen und deutete auf die Geige. »Aber dann muss er das Ding als Gitarre benutzen.« Sie hielt ihr Weinglas in die Höhe und wedelte mit der anderen Hand vor ihrem Bauch. »Oder die Hannah m... - He, wo ist denn eigentlich die Hannah?«

Suchend eilte sie mit ihrem mittlerweile leeren Glas in den Flur hinaus. Wolfgang hegte Zweifel, ob sie statt einer Hannah nicht heimlich Wein suchen ging.

»Wann gibt's denn endlich Essen, Sonja?«, meldete Horst sich wieder zu Wort. »Ich hab Hunger.«

Sein Stichwort! »Jaja, der Hunger, der leidet keinen Verzug. Davon weiß meinereins ein Lied zu singen, und wenn das nämliche gesungen werden muss, dann ist's schwer spielen.« Er ließ den Bogen in einem schmachtenden Knarzen über G- und D-Saite gleiten. »Ein gar schrecklich Lied ist's, das ich vom Hunger zu singen weiß.« Er verzog das Gesicht zu einer Grimasse und schielte verstohlen zum Hausherrn, der noch immer wie ratlos inmitten des Raumes stand.

»Naja.« Mutter Sonja warf ihrem Mann einen unsicheren Blick zu. »Es würde schon reichen …«

Hausherr Thomas sah von einem zum anderen, als suchte er jemanden, der an seiner statt antworten könnte, schaute schließlich Karoline an. »Geh doch mal und hol Hannah und Max, die sollen essen kommen.«

Die Kleine stob davon. Thomas tat einen Schritt auf Wolfgang zu, hielt dann inne und riss entsetzt die Augen auf. »Aber das …« Er japste förmlich nach Luft. »Das geht nicht!«

Wolfgang zog den Kopf ein und bückte sich nach dem Geigenfutteral. Es war zwecklos. Hier würde er nicht bleiben können. »Je nu …«

»Sonja!«

Wolfgang schrak zusammen. Als er sich aufrichtete, sah er Thomas wie versteinert vor der gedeckten Tafel stehen. »Das geht nicht, das kannst du nicht machen, das …«

»Was regst du dich denn so auf?« Sonja trat neben ihn und sprach mit gesenkter Stimme auf ihn ein. »So ein Drama ist das doch nicht, ist schließlich Weihnachten, und er hat vielleicht niemanden, und außerdem …«

Wolfgang schlich auf Zehenspitzen rückwärts.

»Das meine ich nicht.«

»Sondern?«

Thomas' Stimme war nun wie ausgehaucht, ein Keuchen nurmehr. »Das … Porzellan, das …« Er raufte sich das Haar. »Das geht nicht, das muss weg, nimm das andere.« Damit drehte er sich auf dem Absatz um und schien aus dem Zimmer flüchten zu wollen, lief indes Karoline in die Arme.

»Max kommt gleich«, verkündete das Kind. »Aber Hannah macht nicht mit.«

»Was ist los?« Konfus wandte er sich zu Karoline.

»Sie macht nicht mit. Sie hat gesagt, sie …« Karoline zog nachdenklich die Stirn kraus. »Sie verweigert.«

»Sie tut was?«

»Sie verweigert Weihnachten. Das ist ihr alles zu konzirell.«

»Wie bitte?« Er starrte das Mädchen ausdruckslos an, raufte sich erneut die Haare und lief endlich zur Tür hinaus.

»Hannah!«

»Wenn sie nicht will, soll er sie lassen«, meinte Horst zu seiner Tochter gewandt. »Wer nicht will, der hat schon.« Er legte Wolfgang die Hand auf die Schulter. »Ist 'n Platz frei am Tisch, umso besser für unseren Freund hier, der hat nämlich Hunger, und wer Hunger hat, verweigert nix. So einfach.«

»Wir wissen aber noch nicht einmal, wo der Herr herkommt, Papa«, sagte Sonja tonlos.

»Wurschtegal, wo einer herkommt«, fuhr Horst auf. »Was zählt, ist, was er macht. Und der hier« – er rüttelte an Wolfgangs Schulter –, »der macht Musik. Was man von dem Fräulein Tochter wohl nicht erwarten kann.«

Sonja quittierte mit einem rügenden Blick.

»Is doch wahr«, fügte er leiser hinzu.

Wolfgang verstand kein Wort. Er sah das Gesicht von Sonja, die ganz offensichtlich mit den Tränen rang. Sie starrte auf die gedeckte Tafel, und mit einem Mal war ihm, als spüre er die Not dieser Menschen hier, ohne dass er gewusst hätte, woher sie rührte. Zu gern hätte er etwas getan, um sie zu lindern, doch was konnte einer wie er schon ausrichten. Beklommen nahm er das Glas entgegen, das Horst ihm reichte, und sank, zusammen mit ihm, auf die rote Chaiselongue.

KAPITEL NEUN

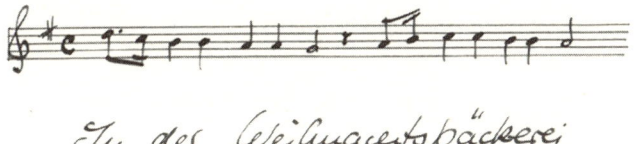

In der Weihnachtsbäckerei

»Der ist ja immer noch da.« Der Bursche Max kam ins Zimmer geschlendert und warf einen knappen Blick auf Wolfgang. Unter den verschränkten Armen trug er das Höllenbrett, nur dass es jetzt ebenso schwarz und still war wie der Kasten im Salon. Max ging auf den Baum zu und bückte sich zu den Paketen hinab, griff eins ums andere und schüttelte und musterte es. Wolfgang sah ihm hinterher, neigte sich zur Seite, um am Tisch vorbei das rotbeschleifte Instrument zu betrachten.

»Sohn vom Thomas«, raunte Horst ihm zu und wollte offenbar noch etwas hinzufügen, doch da wirbelte Frau Sonnenschein herein. »Wo ist sie denn?« Ihr Glas war wieder gefüllt.

Sonja drehte sich um. »Wer?«

»Das Hannahchen.«

»Die hat keinen Bock.« Der Junge richtete sich auf. »Sie findet Weihnachten zum Kotzen. Können wir jetzt mit Essen anfangen? Ich will endlich meine Geschenke aufmachen.« Er sah mit stechendem Blick zu Sonja, die noch immer wie angewachsen vor dem Tisch stand.

»Dein Auflauf ist noch nicht fertig«, sagte sie tonlos.

»Auflauf?« Horst verzog das Gesicht. »Ich dacht, es gibt Gans?«

»Gibt es ja auch. Aber Max bekommt was Veganes.«

»Was Veganes? Was'sn das denn?«

»Hannah!« Vom Korridor aus hörte man dumpfe Schläge und Thomas' aufgebrachte Stimme. Allem Anschein nach schlug er gegen eine Tür.

»Was mach ich denn jetzt mit dem Tisch?« In Sonjas verzweifelter Stimme hörte Wolfgang nun tatsächlich Tränen mitklingen.

»Wieso denn?« Signora Luce del Sole tänzelte in einem holprigen Sechsvierteltakt zu ihr und umfing sie an der Taille. »Ist doch alles fertig. Und der da« – sie deutete mit dem Kopf auf Wolfgang – »passt auch noch mit dran. Heyhey, was denn los, nein-neinnein, wieso weinst du denn? Es ist Weihnachten, nicht Weinachten.«

Instinktiv sprang Wolfgang auf, kramte in seinem Hosensäckl nach einem Tuch. Er fand nur eins von den kratzigen Papiertüchern, die Piotr in der Küche benutzte, hielt es ihr aber dennoch entgegen. Mit großen roten Augen blickte sie ihn an, nahm es und schnäuzte sich. »Das Geschirr. Er will nicht, dass ich es benutze, aber ich dachte, Weihnachten …«

»Madame«, bestürzt wollte Wolfgang etwas sagen, doch dafür hätte er im mindesten hinter die Verhältnisse schauen müssen, was ihm noch immer nicht gelang.

»Quatsch, wieso denn nicht?«, hörte er stattdessen Madame Soleil einwenden. »Ist viel zu schade, um im Schrank zu stehen. Außerdem ist es tausendmal schöner als das weiße.« Sie griff Sonjas Hand. »Und jetzt wird gegessen. Geh, Max, hol die anderen.« Mit einem Nicken wandte sie sich um. »Und ihr da, sitzts' nicht herum, sondern helfts' mit. Du kommst mit in die Küche, und du« – sie reckte das Kinn nach Wolfgang –, »du machst Musik. Aber was Ordentliches, verstanden?« Sie summte etwas, das er nicht kannte, indes nur fünf Töne – A-H-Cis-A-E.

Er nickte artig, und plötzlich war er allein in der Stube, die ihm mit einem Mal vorkam wie ein unwirklicher Ort, als habe all das, was gerade passierte, nur in seiner Phantasie stattgefunden. Von außerhalb des Zimmers nahm er Küchengeklapper und Stimmen wahr. Er setzte die Geige an und ließ jenes sonnige Fitzelchen A-Dur hierhin und dorthin wandern, wie er es manchmal in Gedanken tat, wenn er gerade mit etwas Größerem – einer Sinfonia oder einem Concerto – beschäftigt war. Gleich einem Würfelspiel überließ er die Töne sich selbst, und je weniger Beachtung er ihnen schenkte, desto eher kam etwas Brauchbares dabei heraus.

Jetzt indes musste er immerfort zu jener wundersamen platten Mandoline hinschauen, die an der Wand lehnte wie eine Jungfrau, die nach Berührung lechzte. Und wieder einmal musste er einbekennen, dass es nicht nur die fleischliche, sondern auch die musikalische Lüsternheit gab, wenngleich er nicht mit Gewissheit zu sagen vermochte, welcher von beiden er im Ernstfall den Vorzug geben wollte.

Verstohlen sah er sich um, legte dann behutsam die Geige auf dem roten Polstermöbel ab und schlich näher. Das sonderbare Instrument verfügte über sechs silbrig glänzende Saiten, konnte also keine Mandoline sein, vielmehr erinnerten ihn die Saiten an Piotrs Violine, und die Form glich am ehesten der einer Gitarre. Was auch immer es war, es war etwas Weibliches. Die breite rote Schleife hüllte das Instrument zudem in eine Art Erwartungsfreude, und er spürte unbändige Lust, sie zu lösen, ähnlich jener, die ein gesunder Mann beim Anblick zarter Korsettschnüre empfand. Für wen mochte dies Präsent bestimmt sein? Von allen, die er hier angetroffen hatte, schien ihm nur die kleine Karoline die nötige Seele für die Musik zu haben.

Und ohne dass er etwas dagegen hätte tun können, näherte seine Hand sich dem roten Satin, befühlte ihn sanft, mahnte sich zur Zügelung und war doch machtlos. Er griff nach den Zipfeln der Schleife – und hätte beinahe das Instrument umgestoßen, weil im selben Augenblick ein harscher Schlag ertönte, von irgendwo hinter dem Weihnachtsbaum. Erschrocken fuhr er zusammen, hörte den nun gelösten Schleifenstoff leise zu Boden gleiten, ansonsten herrschte Stille.

Vielleicht hatte ein offenes Fenster geschlagen. Er nahm tief Luft, wandte sich wieder der eigentümlichen Gitarrenmandoline zu. Die Saiten schienen aus einer Art Metall, wie mochten sie klingen? Er zupfte die höchste – und erschrak aufs Neue, weil ein wahrhaft seltsamer Ton erklang: Ein E, schwebend, durchdringend und gleichsam in der Luft stehenbleibend. Als er erneut die Saite zupfte, dann wieder und wieder, so hörte er dasselbe, der durchdringende Ton schien von dem Instrument zu stammen, doch konnte dies unmöglich sein, nahm er doch seinen Ursprung in einem anderen Teil des Raums.

Ungläubig starrte er auf die Saiten, schlug schließlich mit der flachen Hand darauf – und geriet ins Taumeln ob der Intensität des Geräuschs. Wie auch immer dies vonstattengehen mochte, er verstand es nicht und war doch aufs Höchste mitgerissen von diesem Mirakel, wer oder was auch immer es wirkte.

Am Hals des Instruments war ein breiter Gurt befestigt, und er begriff, dass er es damit über die Schulter hängen und somit im Stehen frei spielen konnte. Beherzt fasste er in die Saiten. Und obschon ein Lärm ertönte, der ihm das Mark erschüttern wollte, so erkannte er doch mit allergrößtem Staunen das wirkliche Wunder, das sich hier ereignete: Sein sehnsüchtiger Wunsch, vor wenigen Stunden auf dem Domplatz nur gedacht, erfüllte sich, als hätte der Herrgott persönlich ihm ein Instrument gesandt, das derart infernalisches Getöse von sich gab, dass er all seinen Groll damit in Töne verwandeln konnte.

Indes war sein Zorn in der Zwischenzeit einer Behutsamkeit gewichen, die dieser Familie und ihren Verletzlichkeiten geschuldet war. Eine nach der anderen zupfte er die leeren Saiten und stellte fest, dass das infernalische Gerät tatsächlich wie eine Gitarre gestimmt war, und also versuchte er sich an ein paar Akkorden, C-Dur und ein G-Septakkord, brachte sie in einen Walzertakt, doch so sehr er sich auch mühte, alles verschwamm kreischend. Es wollte ihm nicht gelingen, etwas Sanftes, kindlich Heiteres hervorzubringen, dies Ding schien ausschließlich für das Wüten dieser Welt gemacht.

Gerade als er darüber nachdenken wollte, ob die neue Zeit des Wütens mehr bedurfte denn die vergangene, unterbrachen ihn aufgeregte Stimmen. Max stürmte ins Zimmer, gefolgt von seinem Vater. Wolfgang hielt inne. Der Bub indessen schlängelte sich am Tisch vorbei zum Baum und machte sich an einem Kasten zu schaffen, der dort am Boden stand. Der Blick, den er Wolfgang zuwarf, war Spott und Verachtung zugleich.

»Geht's noch, Mann?«

Irritiert hob Wolfgang die Schulter, merkte aber im nächsten Moment, dass es tatsächlich nicht mehr ging. Wohin er auch griff und wo er auch zupfte, es war nicht der mindeste Laut zu hören.

»Nein, es geht nicht mehr.« Er schüttelte den Kopf. »Was ist das für ein wundersames Ding?«

Der Bub schlug sich die flache Hand auf die Stirn und raunte seinem Vater etwas zu, in dem das Wort

Vollschuss vorkam, worauf Wolfgang sich genauso wenig seinen Reim machen konnte. Da bemerkte er das junge Fräulein. Es stand in der Tür und hatte eine rechte Ähnlichkeit mit Max, er vermutete, dass es sich um dessen Schwester und also jene Hannah handeln musste, über deren Nichterscheinen eine Aufregung geherrscht hatte. Wie es schien, hatte der Herr Papa sie nun zur Räson gebracht.

Sie musterte ihn einen Augenblick, ehe sie fordernd die Hand nach dem Instrument ausstreckte. »Hey, das ist meine!«

Max hielt wieder die Arme verschränkt, auf seinem Gesicht stand ein hohnvolles Grinsen. »Wieso deine? Es war noch gar keine Bescherung, und außerdem machst du eh nicht mit. Kriegst also auch nichts.«

Hannah warf ihm einen verächtlichen Seitenblick zu, rauschte an ihm vorbei auf Wolfgang zu. Auffordernd sah sie ihn an, und er spürte eine Force in der jungen Frau, die ihm Verwunderung und gleichzeitig Respekt einflößte, und so händigte er ihr bereitwillig das Instrument aus, wobei es noch immer keinen Laut von sich gab, wiewohl er direkt auf das Griffbrett fasste. Ob er es zerstört haben mochte? Dabei hatte er alle Vorsicht walten lassen.

Das Fräulein indes hielt es in einigem Abstand von sich und musterte es mit einem gewissen Degout.

Wolfgang verbeugte sich artig. »Ma chère demoiselle, ich bin hocherfreut, dass Ihr Euren Entschluss geändert habt und mir nun doch das Vergnügen bereitet, Eure Bekanntschaft machen zu dürfen. Das … ähm, Vergnügen mit diesem spektakulösen Instrument hatte ich bereits.«

Sie starrte ihn an wie einen Geist, ließ dann ein Glucksen vernehmen, als unterdrücke sie ein Lachen, und drehte sich um. »Was geht denn hier ab?«

Wolfgang sah Max die Schultern heben. Inzwischen waren auch Horst und Signora Luce del Sole zurückgekehrt, sie trugen Schüsseln in allerlei Größen zu Tisch. Wolfgangs Blick fiel auf pralle Knödel, appetitlich mit Butter übergossen.

Wenigstens in dieser Hinsicht war die Welt noch die, die er kannte. Doch eine formgerechte Einladung des Hausherrn stand nach wie vor aus, und jäh überfiel ihn die Phantasie, dass man ihn gar nicht am Essen teilhaben ließe, sondern lediglich als wohlfeilen Tafelmusikanten behielt, und die Vorstellung, stundenlang mit hungrigem Magen aufspielen zu müssen, um hinternach wie ein Dienstbote einen Teller mit Übriggebliebenem in der Küche vorgesetzt zu bekommen, war nicht nur entwürdigend, sondern mehr, als er vertragen konnte. Verzweiflung machte sich in ihm breit, und ums Haar hätte er seine Geige genommen und das Haus verlassen, wären nicht plötzlich Töne erklungen, die er kannte, obschon sie, von dem infernalischen Instrument gespielt, ganz fremd und anders klangen. Pachelbels Kanon!

Fasziniert sah er dem jungen Fräulein zu. Sie spielte in einer Weise, die eine gute Kenntnis des Stücks vermuten ließ, doch das Instrument schien ihr unvertraut, sie quälte sich etwas, Bass und Hauptstimme gleichzeitig zu zupfen, die Töne verschwammen auf ungute Weise, und ohne nachzudenken, nahm Wolfgang seine Geige und gab das Fundament hinzu. Er registrierte ihr überraschtes Aufschauen, sie stolperte kurz über das hohe F, fasste sich jedoch wieder, und gemeinsam spielten sie bis zum Ende des ersten Motivs fort, das ein Dacapo verlangte. Wolfgang riss die Ohren auf, als sie die Harmonien in verbotener Weise anschlug, nur Grundton und Quinte, ein leerer Klang und dennoch voll, weil all die Höllentöne darin mitschwangen.

»He, dann will ich meine Geschenke jetzt auch haben!« Bruder Max wollte sich zum Baum durchschlagen, wurde indes von seinem Vater am Arm gepackt und zurückgehalten.

»Erst essen wir!« Damit schob er den Knaben zu Tisch. Hannah sah Wolfgang wortlos, aber nicht unfreundlich an. Er konnte förmlich mit ansehen, wie die Gedanken durch ihren Kopf stoben. Sie schien ein Mensch zu sein, der selbige erst ordnete, bevor er sprach – eine Eigenschaft, die er auch bei Piotr recht zu schätzen wusste.

»Ah, das Hannilein macht doch mit!« Großmutter Sonnenschein stellte eine Sauciere auf den Tisch. »Da kannst' mir ja gleich noch was auf der Gitarre spielen.«

»Ich heiß Hannah. Und ich hab nicht gesagt, dass ich mitmache.«

»Geh, was soll das, Weihnachten verweigern, so ein Schmarrn! Was hast' denn gegen das schöne Fest?«

»Ich hab nichts gegen Weihnachten, ich hab nur was gegen diese kommerzielle Scheiße. Und wer ist das da eigentlich?« Sie wies auf Wolfgang.

»Aber gegen die neue Gitarre haben wir nichts, was?« Horst sah das Mädchen herausfordernd an.

Gitarre. Überrascht inspizierte Wolfgang das Ding noch einmal genauer. Eine alte Freundin also war es, die er nicht wiedererkannt hatte.

»Da!« Hannah lief geradewegs auf Horst zu und hielt ihm das Instrument entgegen. »Kannst sie gern haben, ich hab nicht drum gebeten, ich hab schon eine Gitarre, bittesehr.«

Vater Thomas wirkte noch verzagter als vorher. »Aber … du hast sie dir doch gewünscht …«

»Ich hab gesagt, ich fänd's ganz spannend, mal eine auszuprobieren. Aber ich find vieles spannend.« Sie deutete mit einer Kopfbewegung zu Wolfgang, der hilflos im Raum stand. »Geige ist auch klasse, klar, würde ich auch gern ausprobieren. Und wer ist das jetzt?«

»Wolfgang, bitte. Wolfgang«, eilte er sich zu sagen. »Es ist mir eine Ehre.«

Sie reichte ihm höflich die Hand, in der anderen noch die Gitarre haltend, während Wolfgang in seiner Linken die Geige hielt. Er bot sie ihr mit einer Geste an. »Wenn das junge Fräulein guten Muts ist, so will ich Euch gern ein wenig instruieren. Mein Vater, was ein ausgezeichneter Lehrmeister auf der Violin gewesen, meinte allzeit …«

»Das ist ja alles gut und schön, Wolfgang.« Der Hausherr nahm ihn zur Seite und sprach leise auf ihn ein, als mangele es ihm am Vermögen, seine Worte klar und laut auszusprechen. »Wir wollen jetzt essen. Von mir aus bleiben Sie so lange hier und essen mit, aber danach muss ich Sie wirklich bitten, zu gehen.«

Wenn er doch nur die Wahl gehabt hätte! Aber sein Hunger war derarten übermächtig geworden, dass er allen Stolz über Bord warf und sich, unter einer Dankesbeschwörung, demutsvoll vor dem Hausherrn verneigte.

»Sonja«, sagte der, »wir brauchen noch ein weiteres ...« Er hielt inne und starrte auf den Tisch. Wolfgang konnte deutlich spüren, wie sich etwas Ungesagtes, Unverstandenes in dem Blick abspielte, den die beiden wechselten, und er ahnte, dass es sich einen Abend lang durch die Seelen fressen würde, bis zu späterer Stunde, im Schlafgemach, ein Disput das Ganze zur Auflösung brächte. Und für einen winzigen Moment durchfuhr ihn der unverschämte Gedanke, dass er gern dabei wäre, weil derlei Ehezwistigkeiten stets eine wahre Quelle für musikalische Ideen waren, und in der Tat hatte jener Blick bereits ein mehr denn schwermütiges Violinsolo in g-Moll in seinen Kopf gepflanzt, und er musste an sich halten, es nicht sofort zum Besten zu geben. Stattdessen, wie um den armen Hausvater aufzumuntern, setzte er zu einem raschen kleinen Capriccio über das armselige fünftonige Thema eines Weihnachtsliedes an, das er vor wenigen Tagen auf einem gelben Zettel auf der Straße gefunden hatte. Es war mit *Die Weihnachtsbäckerei* überschrieben und mit kleinen Zeichnungen verziert gewesen.

Unterdessen wurden weitere Schüsseln hereingetragen, als seien nicht acht, sondern achtzig Leute zu verköstigen. Einzig Tochter Hannah verfolgte Wolfgangs Spiel aufmerksam, wenn auch mit einem mehr als spöttischen Blick.

»Sie sind ja richtig gut«, sagte sie anerkennend, als er geendet hatte, und schien sich ein Lachen kaum verkneifen zu können.

Indigniert dankte er mit einem Kopfnicken. Er wurde aus alldem nicht schlau.

KAPITEL ZEHN

Bach'sches Concerto in E-Major

»Kommen Sie, Sie sitzen hier.« Mutter Sonja schob Wolfgang an das hintere Ende der Tafel, wo er zwischen Horst und Karoline zu sitzen kam. »Thomas!« Der Angerufene war jedoch verschwunden. »Wo ist er denn jetzt hin?« Mit einem Fleischmesser in der Hand stand sie ratlos am Tisch.

»Der hat gesagt, er kommt gleich«, erklärte Max. »Muss noch kurz was bei eBay.«

»Siehste, das meine ich!«, rief Hannah aufgebracht. »Nicht mal an Weihnachten kann er in Ruhe am Tisch sitzen!«

»Wo der Zerstreuungen zu viele, da ist schwer,

standhaft sein«, erklärte Wolfgang, doch niemand nahm seine Rede zur Kenntnis.

»Hannah, dein Vater arbeitet eben viel«, warf Sonja ein.

»Was hat das mit Arbeit zu tun, wenn er wieder irgendeinen Scheiß auf eBay kauft? Ist doch krank, dass das an Heiligabend überhaupt erlaubt ist. Da kann man gleich so tun, als wär's irgendein beschissener Mittwoch.«

»Hannah, bitte.«

»Ich sag nur, wie's ist.«

»*So this is christmas*«, sang Frau Sonnenschein, und Wolfgang horchte auf, war es doch jenes A-Dur-Fitzelchen, das sie zuvor gesummt hatte. »Jetzt hörts' zum Streiten auf.« Sie hob ihr Glas und schwenkte es in die Runde. »Peace! Komm, Sonja, mach einfach weiter. Der ist schon als Bub immer zu spät zum Essen gekommen, kriegt er halt bloß den Bürzel.«

Wolfgang bemerkte das Zögern, mit dem Mutter Sonja die Gans betrachtete, ehe sie, offenbar einem Entschluss folgend, beherzt eine Tranchiergabel hineinstach und zu schneiden begann, und während er ihr Tun verfolgte, fühlte er sich einerseits unvorstellbar fremd ob all der Kuriositäten, die er nicht verstand, und empfand zugleich eine Vertrautheit mit diesen Menschen und ihren Zwisten und Verstimmtheiten, als kennte er sie seit langem. Es war, als spüre er ein Wissen, das über alle Zeit hinausragte und das ihn versicherte, dass derlei Menschliches auch in alle Zukunft andauern würde.

»Nehmt euch bitte Knödel und Kraut«, unterbrach Sonja seine Gedanken. »Salat ist auch da, einmal mit italienischem und einmal mit französischem Dressing, und da ist noch Füllung, einmal mit Kastanien und einmal mit Pilzen und außerdem ...«

»Und wo ist meins?« Der Bursche Max hatte sich in seinem Stuhl zurückgelehnt, die Arme verschränkt, und zeigte wieder diesen herausfordernden Blick.

Wolfgang war ohne Zweifel, dass er einen Kampf mit der Mutter austrug, der umso schärfer schnitt, als er in versteckter Form daherkam. Die Familienverhältnisse begann er allmählich zu begreifen, und es nahm mitnichten wunder, dass sich die Kinder nicht so leicht in eine neue elterliche Konstellation hineinfanden, das war zu seiner Zeit nicht anders gewesen. Was ihn jedoch befremdete, war der Mangel an Respekt, der dabei zutage trat und gegen den die Mutter sich so offensichtlich nicht zu wehren wusste.

»Da drüben.« Sonja wies mit dem Fleischmesser auf eine Schale. »Papa, reichst du es ihm mal bitte rüber?«

Horst musterte die Schale, hielt sie sich dann vor

die Nase und schnüffelte argwöhnisch daran, ehe er sie über den Tisch reichte. »Und was soll das sein?«

»Karotte-Quinoa-Auflauf.«

»Wieso isst der keine Gans?«

»Ich bin Veganer«, gab Max zur Antwort. Der Großvater reagierte mit einem Stöhnen.

Wolfgang betrachtete die helle Grütze, die Max auf seinen Teller lud. Es musste eine Schwäche oder Krankheit sein, die den armen Burschen dazu zwang, solcherlei Armenspeise den Vorzug vor all den Köstlichkeiten zu geben, die auf dem Tisch bereitstanden. Dabei nahm es den Anschein, als kasteie er sich freiwillig.

Neugierig neigte Wolfgang sich zu dem Knaben hinüber. »Ich bitte den Mangel meiner Kenntnis zu entschuldigen, und wenn es nicht allzu indiskret ist, so wäre ich dankbar zu erfahren, was denn ein Veganer ist.«

Horst verzog spöttisch das Gesicht. »Einer vom anderen Stern.«

»Verzeihung bitte? Vom anderen … Stern?« Unwillkürlich musste er an den Stern von Bethlehem denken, den er auch an diesem Weihnachtsabend nicht zu Gesicht bekommen hatte.

»Von der Vega.« Es musste sich um einen Witz handeln, denn Horst begann laut zu lachen, während Max recht säuerlich dreinschaute.

»Papa!« Sonja säbelte mit deutlich mehr Verve als nötig an der Gans herum, man sah ihr die Gereiztheit an, mit der sie zuwege ging.

Zu gern hätte Wolfgang ihr das Messer und die damit verbundene Arbeit aus der Hand genommen und für sie verrichtet, doch erinnerte er sich zu gut daran, wie er sich einmal, beim Zerteilen eines Fasans, in den Finger geschnitten und denselben für Tage beim Spielen nicht zum Einsatz hatte bringen können. Die Narbe war noch immer zu sehen. Er hob die linke Hand und betrachtete seinen Finger von allen Seiten, doch zu seiner Verwunderung konnte er die Überreste der Schnittverletzung nicht finden.

»Du?« Die kleine Karoline zupfte ihn am Ärmel und neigte sich ihm flüsternd zu. »Krieg ich denn jetzt die Holiday Barbie?« Sie sah ihn treuherzig an und deutete mit dem Kopf in Richtung des Tannenbaums. Er folgte ihrem Blick, fand jedoch nichts, was ihn hätte verstehen lassen, und war auch noch viel zu sehr mit dem anderen Stern beschäftigt.

»Um Gottes willen, nein!«

Wolfgang fuhr herum, sah Vater Thomas mit dem Ausdruck größten Entsetzens neben seiner Frau stehen und auf das Messer in ihrer Hand starren. »Doch nicht auf der Servierplatte!«

Sonja stand wie versteinert, während er die Platte

mit der Gans vom Tisch hob wie ein verwundetes Kleinkind und zur Tür hinaustrug.

»Aber – ich hab doch nur …« Sie hatte wieder Tränen in den Augen, und unwillkürlich musterte Wolfgang die Gesichter reihum auf der Suche nach Antwort. Hannah starrte kopfschüttelnd vor sich hin, während der junge Bursche sich an den Tränen der Mutter gar zu weiden schien. Karoline, an Wolfgangs Seite, hatte die Scena nicht mitbekommen, sie saß wie vordem herumgedreht auf ihrem Stuhl, versunken in die Betrachtung der Geschenke. Horst dagegen blickte seine Tochter stumm an, und Wolfgang blieb nicht verborgen, dass sich in dem alten Herrn ein Unwetter zusammenbraute. Der Impuls, die Geige zu nehmen und zu spielen, um die Situation zu erheitern oder gar aufzulösen, überkam ihn, aber etwas hielt ihn zurück.

»Was hat er denn immer mit seinem blöden Geschirr?«, empörte sich Madame Soleil.

Ehe jemand etwas antworten konnte, war Thomas zurückgekehrt, nun die Gans auf einem hölzernen Tranchierbrett, das er in die Mitte des Tischs platzierte. Sonja legte das Messer neben den Vogel und sank auf ihren Stuhl. »Wofür kaufst du ständig das ganze Geschirr, wenn man's dann nicht benutzen darf?« Thomas blieb die Antwort schuldig, ergriff nur schweigend das Messer.

»Man soll den Weibsleuten in derlei Dingen freie Hand lassen, sie wissen am besten, wie das Mahl herzurichten ist, sonderlich das Festmahl«, beeilte Wolfgang sich zu sagen. Geschirr war nach wie vor Geschirr, daran hatte sich Gott sei Dank nichts geändert, dies war also ein Thema, bei dem er durchaus mitreden konnte. »Und nicht nur an den Festtägen will der rechte Zeitpunkt für ein festliches Geschirr sein, denn wer es nicht benutzt, dem nutzt es nicht. Eines Tages ist man ohnedies mausetot, und dann hat es gar keinen Nutzen mehr, nicht wahr?«

Die Starre und das Schweigen, die folgten, waren so durchdringend, dass er nicht wagte weiterzusprechen, obwohl ihm noch ein Satz mit *Nichtsnutz* und *nutzt nichts* in einem sehr aparten Rhythmus eingefallen war. Mit versteinertem Gesicht ließ Thomas das Messer auf das Brett fallen, drehte sich um und verließ den Raum.

»Na dann, fröhliche Weihnachten«, gab Max in einem Ton von sich, der keinen Zweifel erlaubte, dass etwas schiefgelaufen war. Am liebsten hätte Wolfgang sich wie ein Kind unter dem Tisch verkrochen.

»Ich dachte, er freut sich ...« Sonja stützte die Ellbogen auf den Tisch und ließ das Gesicht in ihre Hände sinken.

»Tja, falsch gedacht«, kam es von Max.

»Jetzt reicht's aber!« Horst war aufgesprungen. »Rotzlöffel!«, brüllte er. »Solltest gefälligst essen, was auf den Tisch kommt, und Respekt haben vor den Eltern!«

»Hey, Peace!« Sunshine griff nach Horsts Arm und zog ihn wieder auf seinen Stuhl.

»Das ist nicht meine Mutter«, erwiderte Max.

»Und trotzdem bläst sie dir Puderzucker in 'n Arsch.«

»Papa!«

»Ist doch wahr. Hat er nicht verdient, dass du ihm auch noch Extrawürschte brätst.«

»Wenn er doch kein Fleisch isst.«

»Dann soll er Klöße essen, verdammt noch mal!« Horsts Kopf war rot angelaufen.

»Da ist Ei drin«, wies ihn Max zurecht.

»Ja spinnen hier alle?«, rief Madame Soleil und sprach damit Wolfgang aus der Seele. »Dem einen passt das Geschirr nicht, dem anderen das Essen …«

»Das ist Mamas Geschirr«, erhob Hannah die Stimme.

Und mit einem Mal begriff Wolfgang. Wortlos stand er auf. Er fand den Hausherrn in einem Zimmer nebenan, im Halbdunkel stehend und aus dem Fenster schauend. Er zögerte einen Moment, ehe er näher trat. »Ich ersuche höflichst, meine Worte zu entschuldigen, ich war in keiner Kenntnis der Situation und habe nicht im mindesten …«

»Ist schon gut«, antwortete Thomas ruhig, ohne sich umzudrehen. »Sie haben das nicht gewusst.« Wolfgang vernahm, wie Thomas schwer ein- und aus-atmete. »Und Sie haben ja recht. Sonja hat es gut ge-meint, sie hat es einfach nur schön machen wollen.« Er machte eine Pause. »Sie will es immer allen recht machen.«

»Was nicht leichtfallen will, wenn einer mit am Tisch sitzt, den man nicht kennt«, hörte Wolfgang sich sagen, ohne dass er recht gewusst hätte, wie er auf diese Worte kam.

»Es trifft Sie keine Schuld, lassen Sie's gut sein.«

»Die Rede ging nicht von mir.«

Jetzt wandte Thomas sich um.

Wolfgang war seltsam zumute. Beinahe so, wie es ihm zuweilen beim Spielen erging, wenn er sich ans Instrument setzte, noch ohne zu ahnen, was er spielen würde, und doch in der Gewissheit, dass die Töne sich richtig formten, als gebe der Herrgott selbst ihm das Rechte ein und er sei nur die Hand des Allmächtigen. Und wie stets in solchen Momenten erfasste ihn eine tiefe Demut. »Euer verstorbenes Eheweib, Gott möge sie selig haben, ist ein Gast am Tisch, dem kein rechter Platz zuteilgeworden.«

»Wie bitte?« Thomas sah ihn entgeistert an.

»Nun, kurzum, man soll die Toten nicht tot-schweigen. Davon werden sie nur umso lebendiger, doch im Unguten. Ich weiß selbst Zeugnis davon zu geben, wie mein seliger Vater mir noch im Tode das Leben … Ach nein, lassen wir meine alten Geschichten. Das Geschick der Euren jedoch könnt ein weit trefflicheres sein, wenn Ihr die Mutter Eurer Kinder in Eure Mitte nähmet.«

»Aber … Bettina ist schon vor drei Jahren …, und ich kann doch Sonja nicht …«

»Ein jedes rechtschaffene und sonderheitlich jedes liebende Weib weiß um die Umstände, in die es sich begibt, wenn es sich mit einem Witwer verbindet. Und es ist allzeit besser drüber geredet, als unter den Tisch gekehrt.«

Thomas schwieg. Es war, als teilten sie einen Moment, in dem die Zeit wahrhaftig stillstand, und Wolfgang musste lächeln und wunderte sich gleichzeitig ob der Größe dessen, was die Zeit war, und des wenigen, was er – trotz allem – von ihr wusste.

»Ich bin es«, brach Thomas das Schweigen, »der sich entschuldigen muss. Ich habe Sie unterschätzt, Sie sind wirklich …«

»Ein Mensch. Nicht mehr, nicht weniger. So gleichen wir einander, mein Freund.«

Thomas nickte knapp, legte Wolfgang den Arm um die Schulter und führte ihn zum Salon zurück. Bei ihrem Eintreten erstarb das Gespräch dort.

Sunshine sah vorwurfsvoll zu Thomas auf. »Dürfen wir jetzt endlich essen? Oder müssen wir erst das Geschirr wechseln?«

Thomas trat an seinen Platz und setzte sich. »Nein, müsst ihr nicht. Es tut mir leid, wenn die Gans jetzt kalt ist.« Er erhob sein Glas. »Auf dich, Sonja. Du hast ein ganz wunderbares Essen zubereitet, und du hast den Tisch wundervoll gedeckt.« Er machte eine Pause, räusperte sich; das Weitersprechen schien ihm Mühe zu bereiten. »Das Geschirr hat Bettina gehört. Ein Teil davon stammt von ihrer Großmutter, alles Weitere hat sie in vielen Jahren zusammengetragen, aber nie benutzt. Sie hat es immer für besondere Gelegenheiten aufbewahrt, aber … nun, dazu kam es ja nicht mehr.« Er nahm einen tiefen Atemzug, sprach dann leiser weiter. »Es kam mir vermessen vor, es zu benutzen, wenn sie nicht dabei sein kann.«

»Mithin …« – Wolfgang wies mit einer Geste über das Geschirr – »sitzt sie nun mitten unter uns, und ein jeder an dieser Tafel kann ihres exquisiten Geschmacks sich erfreuen.«

»Ja, wir wollen uns dran erfreuen und es so benutzen, wie es gedacht war.« Thomas wandte sich wieder an Sonja. »Danke, dass du es aus dem Schrank geholt hast.« Dann hob er erneut sein Glas. »Auf Sonja …«

Wolfgang meinte zu hören, dass seine Stimme ein winziges Fitzelchen nach oben schwang, ganz so, als verweile eine Frage darin, und also ergriff er ebenfalls sein Glas und prostete in die Runde. »Auf die wunderbare und charmante Hausherrin.«

Nach einem Augenblick des Zögerns erhoben alle ihre Gläser. Wolfgang sah die Gesichter von Hannah und Max, spürte den Missmut, der sie noch immer beherrschte, und er wünschte, er hätte ihn bannen oder gar auflösen können, doch dazu hätte er Zauber wirken müssen. Aber dann, plötzlich, musste er an Papagenos Glockenspiel denken und die Flöte Taminos. Unversehens stand er auf, nahm Piotrs Geige und spielte drauflos, beschwor Heiterkeit und Nachsicht mit seinen Noten, und tatsächlich glitt Milde in die Gesichter, und er kam sich wahrhaftig wie ein Magier vor. Doch während er mit hungrigem Magen die Musik gleich einer Beschwörung in die Runde sandte, musste er mit ansehen, wie die Schüsseln wieder zu kreisen begannen und die besten Stücke der Gans verteilt wurden. Bangigkeit überfiel ihn: Dass am Ende er es sein würde, für den nurmehr der Bürzel blieb, und so brach er mit einem gewitzten Schlenker ab und ließ sich – unter einem kleinen Applaus – rasch auf seinen Stuhl nieder.

»Hach, wie schön.« Sonja sah ihn glückselig an. »Das kenne ich, das war doch …, warten Sie, das ist …«

»*Zauberflöte*«, sagte Hannah knapp. Wolfgang meinte, ein wenig Herablassung in ihrem Tonfall zu hören.

»*Zauberflöte*, ja! Da war ich doch, im Herbst, mit der Christine.« Sie puffte Thomas gegen den Arm, wandte sich dann an Wolfgang. »Das ist meine Kollegin aus dem Reisebüro. Wir machen immer was Kulturelles zusammen, wir waren auch schon in dem anderen, wie heißt das, wo am Ende der Dingens bestraft wird, weil er seine Sünden nicht bereut?«

Konnte es wahrhaft angehen? »*Don Giovanni* …?«, hauchte Wolfgang und hielt ihr hoffnungsfroh seinen Teller entgegen.

»Ja, genau, *Don Giovanni*. Ist ja ein bisschen gruselig, aber die Musik ist so schön. Hach, ich liebe Mozart!«

Er starrte ihr in die Augen – grün waren sie –, und eine tiefe Glückseligkeit überkam ihn. Er ließ sich ein Stück Gänsekeule reichen, und er tauchte den Löffel ins Kraut und lud sich Knödel auf den Teller, und als er mit der Gabel in den Knödel stach, war ihm, beim ersten Bissen, als sei er doch im Paradies gelandet.

»Mozart wird total überschätzt!«

»Über…?« Jäh verschluckte sich Wolfgang an seinem Knödel und musste husten. Er glaubte nicht recht gehört zu haben. »Es bedarf wohl rechter Kühnheit, sich derlei Worte zu erdreisten und einen Compositeur von solcher Größe …«

»Bach war viel größer.«

Hitze und Kälte durchfuhren ihn gleichzeitig, und er musste nach Luft ringen. »Die Größe des alten Bach soll mitnichten in Frage stehen. Doch frisst man, scheint mir, Mozartkugeln allenthalben. Von Bachkugeln, meine ich, geht nirgendwo die Rede.«

Hannah gab einen degoutierten Laut von sich. »Wahrscheinlich würde Bach auch vom Himmel runtersteigen, um die Dinger zu verbieten.«

»Vom Himmel herunter …« Wolfgang quälte sich ein Grinsen ab, griff rasch nach seinem Glas und trank. Ob jemand sah, dass ihm Luft und Worte fehlten?

»Während Mozart wahrscheinlich stolz wäre auf den Süßkram«, fuhr Hannah fort.

Er spürte, dass sein Kiefer zu tremolieren begann. »Wenn es sonst nichts gibt, das Ihr ihm vorzuwerfen habt, so kann es mit seiner Nichtigkeit nicht weit her sein!«

»Na ja, musikalisch betrachtet, ist er ja genauso kommerziell wie der ganze Mozartkugelkram. Nur dieses seichte Rokoko-Geplätscher, gefällige Kadenzen und der ganze Scheiß. Bach war viel überraschender, und überhaupt hatte der viel mehr Tiefe.«

»Man tut allzeit gut daran, nur in guter Kenntnis eines Werkes zu sprechen und zu richten. Wo nicht, so ist es leicht gefehlt und will als Torheit gelten.«

»Bei Bach hat man das Göttliche gehört!«

Mit einem Mal überkam ihn Ruhe, ja Milde gar. Er lehnte sich auf seinem Stuhl zurück und betrachtete lächelnd das Fräulein, das da so ungestüm gegen ihn wetterte. Und er erkannte, dass es der schiere Überschwang der Jugend war, der sich hier Bahn brach, und dass die Waffen, derer sie sich bediente, von fremder Hand geschmiedet waren.

»Bestellt Eurem Lehrer, er möge Euch beibringen, zu spielen und Augen und Ohren aufzusperren, statt Phrasen zu dreschen. Der gute Bach hat zeitlebens für sein Auskommen gearbeitet wie ein jeder rechtschaffene Mensch.«

Damit erhob er sein Glas, hielt dann jedoch jäh inne. »Oha!« Behutsam stellte er das Glas wieder ab. »Hört Ihr's?« Er reckte sein rechtes Ohr nach vorn und bewegte den Kopf suchend über den Tisch, senkte ihn tiefer über seinen Teller, summte dabei ein Motiv aus einem Bach'schen Concerto.

»Da! Hab ich dich!« Mit einem Ausdruck triumphaler Feierlichkeit packte er den Knödel, der auf seinem Teller lag, und hob ihn in die Höhe. Dabei summ-te er im Crescendo fort. »Voilà, ma chère demoiselle! Unverkennbar: eine Bachkugel!« Für einen Moment noch betrachtete er den Knödel und biss, zu guter Letzt, herzhaft hinein.

KAPITEL ELF

Stille Nacht, heilige Nacht

»Fürwahr ein musikalischer Leckerbissen«, erklärte er schließlich und sah sich nach Karoline um, denn das schiefe Grinsen, das Hannah zeigte, wusste er nicht recht zu deuten.

Karoline indes war längst von ihrem Stuhl gerutscht und hatte von seinem Scherz nichts mitbekommen. Er sah sie vor dem Berg von Präsenten beim Weihnachtsbaum sitzen und ehrfürchtig die bunten Schachteln befühlen.

»Ich will jetzt auch auspacken«, ließ sich Max vernehmen. »Die Hannah hat ihrs eh schon!«

»Erst räumt ihr den Tisch ab.« Thomas drückte

ihm zwei Schüsseln in die Hand. »Du auch, Hannah. Umso schneller geht's.«

»Hey, und was ist mit dem Baby?« Max wies mit dem Kopf auf Karoline.

»Um Gottes willen, die lässt die Finger vom Geschirr! Und jetzt macht.«

Als auch Sonja beginnen wollte, Teller zu stapeln, nahm Thomas sie bei der Hand und führte sie zu einem ebenfalls roten Canapé, das, der Chaiselongue gegenüber, am anderen Ende des Salons stand, und hieß sie dort niedersitzen. Wolfgang sah mit Freude, wie er ihr ein Glas Wein reichte.

Dann verließ Thomas den Raum und kehrte kurze Zeit später mit etwas zurück, das er unter dem Baum platzierte. Schließlich zündete er die Kerzen darauf an.

Wolfgang, der nicht wusste, ob er gehen sollte oder bleiben durfte, spürte eine Spannung im Raum, als stehe der Höhepunkt des Festes nun unmittelbar bevor, und er war über die Maßen neugierig, daran teilzuhaben. Er beschloss, sich ohne Aufhebens einen Stuhl neben die Chaiselongue zu stellen und abzuwarten.

Als alle beieinandersaßen, wurde Karoline ausgeschickt, aus dem Berg von Paketen eines nach dem anderen auszuwählen und demjenigen zu bringen, für den es bestimmt war. Dazu war an jedem Paket ein

Zettel befestigt. Freudig eilte das Kind hin und her, und bald war der Dielenboden mit Fetzen bunten Papiers und Schleifenbändern bedeckt.

Gebannt sah Wolfgang dem Ritual zu. War dies jene grandiose Stretta, auf die das Fest sich in seiner Gänze konzentrierte? Während Horst mit grüblerischer Miene Socken und eine Krawatte aus grün-rot gestreiftem Papier wickelte, hatte Signora Luce del Sole, die neben ihm auf dem Polster saß, eine Flasche Duftwasser ausgepackt und versprühte es kreuz und quer in ihrer Mähne. Der Dunst von Moschus und Ambrarauch stieg auf und trieb Wolfgang Tränen in die Augen, beinahe hätte er husten müssen. Er rettete sich zu seiner Geige und postierte sich auf einem anderen Stuhl in der Nähe des Hausherrn, der Sonja erwartungsvoll beim Öffnen eines Präsents zusah: Es war ein Umschlag mit einer Karte darinnen, auf der etwas stand, das Sonja zuerst in ungläubiges Staunen, dann in Tränenrührung versetzte. Zu gern hätte er gewusst, was es war.

»Hey, wieso kriegt die eine Gitarre und ich keine Playstation?« Entrüstet sah Max von einem gerade dem Papier entnommenen mehrbändigen Druckwerk in seinem Schoß auf, Wolfgang vermutete ein Dictionarium. Der angesprochene Vater jedoch nahm die Entrüstung nicht zur Kenntnis, sondern blieb mit

Sonja in ein sanftmütiges Getuschel über den Inhalt des Umschlags vertieft.

»Hey, das ist ungerecht!« Max warf die Bücher neben sich auf die Chaiselongue, stand auf und begann, zwischen den wenigen noch übriggebliebenen Paketen zu wühlen.

Karoline, die inmitten des Getümmels auf dem Boden saß und hingebungsvoll mit einer – für Wolfgangs Geschmack etwas zu lang und zu mager geratenen – Puppe beschäftigt war, sah auf und kam auf Knien zu ihm gerutscht. Flüsternd neigte sie sich Wolfgangs Ohr zu: »Und wieso kriegt er keine Playstation?«

Wolfgang hob ahnungslos die Schultern. »Playstation?« Noch so ein englisches Wort. Unwillkürlich schüttelte er den Kopf – es schien eine Mode zu sein, alles in englische Begriffe zu kleiden, als reichten die teutschen nicht, doch dann musste er sich mit einem Seufzer eingestehen, dass zu seiner Zeit die *plaisirs,* die *honneurs* und die *compliments* in aller Munde gewesen waren. »Was für ein Instrument ist das?«

Im Kopf des Mädchens schien es angestrengt zu arbeiten, und Wolfgang konnte förmlich sehen, wie eine Erkenntnis darin gerann. »Ach so …!« Großes Staunen in den Kinderaugen. »Du kennst das alles gar nicht! Das hätte ich mir ja denken können. Du bist ja schon so alt! Da hat es auch überhaupt keinen Sinn, wenn …« Sie stockte mit einem leisen, verständnisvollen Kopfschütteln, dann schlich sich ein kleines Lächeln in ihr Gesicht. »Jetzt kapier ich das. Nee, eine Playstation ist doch kein Musikinstrument, Quatsch.« Sie lachte auf. »Das ist eine Spielkonsole, und die hat er sich gewünscht, weil er damit bessere Spiele kann als auf dem Tablet, was er letztes Jahr gekriegt hat, daran erinnerst du dich aber, oder?«

Des Teutschen war er mächtig, ebenso des Englischen, Französischen, Italienischen, Lateinischen gar, doch all das half nichts, er verstand kein Wort. Er verzog das Gesicht zu einem bedauernden Grinsen.

»Das Tablet, was er vorhin hatte! Na klar kannst du dir nicht alles merken, und letztes Jahr hast du ihn ja noch nicht so gut gekannt.«

»Jenes Ding, das den Höllenlärm hervorbringt?«

Karoline nickte eifrig. »Und mit einer Playstation kann er das halt alles noch viel besser machen.«

»Grundgütiger!«, entfuhr es Wolfgang. »Etwa noch mehr des Höllenlärms? An einem heiligen Tag wie diesem?«

Verdutzt sah sie ihn an. »Die E-Gitarre macht aber auch ganz schön Krach.«

E-Gitarre. Er runzelte die Stirn, sah zu dem Instrument, das nun wieder an der Wand lehnte. Wieso nannte man es E-Gitarre? Gewiss war es nach den beiden äußeren Saiten – e und E – benannt, doch unterschied es sich darin in keiner Weise von den Gitarren, die er kannte. Vielleicht also war es die Gitarre des E-ntsetzens? Der E-wigen Verdammnis, des E-rebos? »Nun, es mag keine Harfe sein, indes – es ist ein Instrument und will dem jungen Fräulein bald guten Dienst erweisen, wo es gilt, sich Fertigkeiten anzueignen.« Und leiser fügte er hinzu: »Und das wird gewiss nottun, wo man auf so hohem Rosse thront.«

»Also! Kann ich das jetzt bitte mal wissen?« Max hatte sich vor Thomas und Sonja aufgebaut. »Wieso kriegt die 'ne voll teure Gitarre und ich keine Playstation?«

»Max, wir waren uns einig, dass …«

»Ihn musst du fragen!« Karoline riss Max am Ärmel und wollte ihn zu Wolfgang ziehen, er schüttelte die Kleine jedoch ab. »Jetzt hör auf mit deinem Schwachsinn.«

»Max!« Sonja sah ihn eindringlich an. »Lass sie bitte, du warst doch auch mal klein.«

»Wird eh Zeit, dass sie groß wird.«

»Ich bin schon groß.« Erbost baute Karoline sich vor ihm auf. »Und ich weiß, warum du keine Playstation kriegst.«

»Aha.« Max sah sie verächtlich an. »Und wieso nicht?«

»Weil es besser ist, wenn man ein Musikinstrument spielt und nicht immer nur Playstation.«

»Ich sag's doch!« Hannah war hinzugetreten. »Diese ganze Schenkerei bringt bloß Streit. Dafür ist Weihnachten doch nicht da!«

Wolfgang spürte eine Hand, die ihn in die Seite stupste. »Los«, raunte Karoline. »Du musst es ihnen jetzt sagen.«

»Was muss ich sagen?«

»Wofür Weihnachten gut ist.« Sie knuffte ihn, bis er nicht anders konnte, als aufzustehen. Für einen Moment blieb er ratlos. Er vermochte keine Wunder zu wirken, er war kein Magier. Er konnte keine großen Reden schwingen, er war kein Prediger. Und es war ihm nicht gegeben, das wahre Wesen der Weihnacht zu erläutern, er war kein Heiliger. Was er aber konnte, war, dem, was er im Herzen trug, durch Töne Ausdruck zu verleihen – er war ein Musikus!

»Zum Dank für die großzügige Gastfreundschaft erlaube ich mir, mein Geschenk in der mir gegebenen Form darzubringen.« Er verbeugte sich leicht, erst in Sonjas und dann – mit etwas Nachdruck – in Hannahs Richtung, hob den Bogen an und begann ein Menuett, das er als ganz junger Bub einmal verfasst hatte, was jedoch nie zur Aufführung gelangt war – selbst später nicht, als sie sich darangemacht hatten, jeden noch so winzigen Schnipsel aus seiner Feder zu verlegen. Er konnte sich allerdings noch recht genau daran erinnern, was er empfunden hatte, damals, beim Schreiben jenes Stücks, für das er ein ganzes Universum aus musikalischen Formen vor Augen gehabt hatte.

Sein Vater indes hatte ihm, nachdem er die Niederschrift entdeckt hatte, eine veritable Standpauke gehalten. Es sei eine recht erstaunliche, doch absolut brotlose Kunst, die er da fabriziere, denn schlicht unspielbar, und was keiner zu spielen vermochte, dafür wolle auch keiner zahlen. Und hatte sich darangemacht, dem Buben eine Lektion in Angelegenheiten des Musikhandels zu erteilen, die Wolfgang fortan und zeitlebens bei seiner Arbeit gespürt hatte wie ein Gaul, dem der Kutscher die Zügel zieht. Was hätte er nicht alles zu erschaffen vermocht, wenn er diese Hemmvorrichtung nicht stets in seiner Seele getragen hätte?

Jetzt aber war er frei, und er ließ dem Thema die Zügel fahren, gab ihm die Sporen, jagte es durch stürmische Arpeggien, verpasste ihm gar Modulationen, und eine kindliche Lust überkam ihn und trieb ihn immer weiter hinaus, bis er das Stückchen schließlich wieder beim Zügel nahm und über allerlei Umwege nach Hause zurückführte.

»Geil«, rief Hannah anerkennend aus, und nachdem alle kräftig applaudiert hatten, schlich sie etwas näher an Wolfgang heran. »Von wem ist das denn?«

»Ui, von einem gewissen – wie heißt er doch gleich? Irgend so ein seltsamer Kerl …, es will mir nicht einfallen, muss ein recht überschätzter Mensch sein, Mo…, Motz…, Motz…, Mozart, ja! So hieß er wohl, der Bengel, gekonnt hat er vermutlich nicht viel!«

»Echt? Mozart? Ohne Scheiß? Ist aber eher untypisch, hab's noch nie gehört.«

»Er hat es in jungen Jahren komponiert, mit fünf oder sechs, er wird es wohl um der Schokoladenkugeln willen getan haben, aber dann ist es in Vergessenheit geraten.«

»Mit fünf? Quatsch, oder?«

»Er hat es später etwas überarbeitet, aber das ist nicht gesichert, wer vermag schon zu wissen, was damals geschah, wo einer nicht einmal wissen kann, was heute geschieht.«

»So!« Frau Sonnenschein hatte sich schwankend erhoben und lief auf die Weinflasche zu. »Jetzt machen wir aber ein bisschen gemütliche Musik, ja? Wo hast du denn deine Gitarre, Hannahlein?« Ihre Zunge torkelte wie ihr Gang. Mit der Flasche in der Hand kam sie auf Wolfgang zu. »Weißtdu, das ist jetzt nix gegen dich oder gegen deine Fidelbums, aber Weihnachten, da gehört richtige Musik einfach dazu. Dafür ist Weihnachten nämlich da, weißtdu, Liebe, Frieden und so. Make love, not peace!«

»Not war.« Thomas war aufgestanden, nahm ihr die Weinflasche ab und begann reihum einzuschenken, nur ihr Glas ließ er aus.

»Doch, is wohl wahr!«

»Not war, Mama, nicht not peace.«

»Hä?« Sie sah ihn verständnislos an. »Was willst du? Und hör auf, mich Mama zu nennen, das habich dir schon als Bub verboten! Hey, wieso schenkst du mir nix ein?«

»Ist jetzt auch verboten.«

»Ach, jetzt lass sie doch«, mischte Horst sich ein. »Ist Weihnachten. Und sie ist außerdem ganz niedlich so.« Er liebkoste Sunshines Knie, das zu Wolfgangs Überraschung nun bloßlag, und wandte sich dann an ihn: »Kannste nicht ein bisschen was für sie spielen? Komm! Wennse doch so gern will.«

»Muss aber Gitarre«, nörgelte Sunshine.

Unschlüssig sah Wolfgang auf das Instrument in seiner Hand. Das Wort Geige, so hatte einst sein Vater in seiner Violinschule geschrieben, begreift in sich Instrumente verschiedener Art und Größe. Je nu, er würde den Begriff noch ein wenig erweitern, soweit das auf vier Saiten eben möglich war, nahm die Geige wie eine Gitarre in beide Hände und begann, *O du fröhliche* zu spielen.

»Er soll was Richtigs spielen.« Madame Soleil war noch immer nicht zufrieden. »Love, peace, Lennon, verstehst'?«

Wolfgang verstand nicht. »Wenn Madame die Güte hätte, mir die Natur ihrer Musique zu erläutern, ich wäre gewiss in der Lage, das Gewünschte …«

»Ja sag einmal …« Madame war aufgestanden, kam nah und näher, und ehe er sich wehren konnte, hatte sie ihm die Wange getätschelt wie einem törichten Kind. »Dass d' nicht dabei warst, ist mir schon klar, aber bist' wirklich so jung, dass du gar keine Ahnung hast, wovon ich red? Joplin, Hendrix, Woodstock? Peace all over, freie Liebe? I glaub's ned …« Kopfschüttelnd ließ sie sich wieder ins Polster fallen.

»Hör auf, Mama, du warst genauso wenig dabei.«

»Freie Liebe?«, entfuhr es Wolfgang.

»Ja, klar. Sex. Drugs. Peace. Das kannst' doch spielen, oder?«

Sex, drugs, peace. Was hatte all das zu bedeuten? Er hörte Thomas stöhnen. »Wenn ich mich recht erinnere, Mama, dann war ich damals grad in der Schule, und du hast beim Grashuber Toni in der Fleischhauerei ausgeholfen. Da war ja hoffentlich nix mit freier Liebe.«

»Geh, was erzählst denn du da?« Ärgerlich sah sie Thomas an, ihr Gesicht war jäh errötet.

»Tu nicht immer, als hättest du John Lennon persönlich die Hand geschüttelt.«

»Jetzt lass deine Mutter in Ruhe, Junge«, warf Horst ein. »Da hat sie nichts versäumt, der hat so schwitzige Hände gehabt ...«

»Wer?« Signora Luce del Sole fuhr herum.

»Na, der Lennon. Und der andere auch, der – wie hieß er gleich –, der Sutcliffe, der hat fürchterlich gezittert.«

»Was!?« Madame Soleil kreischte auf. »Du hast John gesehen? Wo?«

»Scht. Mach nicht so ein Tamtam. In Hamburg, irgendwann, kurz vor dem Mauerbau, danach war ja Essig.«

Sunshine rüttelte ihn an der Schulter. »Was? Los, erzähl!«

»Ach was.« Horst winkte ab. »Nicht der Rede wert.« Er schielte zu seiner Tochter, als gelte es, ein Geheimnis zu wahren.

Wolfgang begriff nicht das Geringste. Er saß noch immer mit der Geige auf dem Schoß und kam sich vor wie einer, der in einem fremden Land, in Unkenntnis der Sprache, einem Bühnenspektakel beiwohnt, als er abermals am Ärmel gezupft wurde. Karoline stand vor ihm. Mit feierlichem Gesicht hielt sie ihm eine Gitarre – eine richtige, ordentliche, ihm wohlvertraute – entgegen.

»Hey, Finger weg, das ist meine, wer hat dir erlaubt, in mein Zimmer zu gehen?« Erbost war Hannah Karoline gefolgt und nahm ihr das Instrument aus der Hand.

»Er soll aber Gitarre spielen!«

»Der weiß ja gar nicht, was.« Damit ließ sie den Gurt der Gitarre über ihre Schulter gleiten. »Du kennst echt John Lennon nicht?«

Wolfgang verneinte kopfschüttelnd.

»Ich fass es nicht. Wo kommst du bloß her?« Hannah begann, recht ordentlich zu spielen, mit allerlei hübschen Verzierungen um die Terz des A-Dur-Akkords, und Wolfgang übernahm die Verzierungen auf der Geige, fügte ihnen ein paar wohlfeile Triller hinzu. Und Signora del Sole begann zu singen, doch in einer Weise, die Wolfgang bald Schmerzen bereitete, kunstlos und mit Sprechstimme, und überdies verfehlte sie jeden Ton, und Hannah warf Wolfgang einen verschwörerisch-gequälten Blick zu.

Schließlich nahm sie das Instrument von der Schulter und reichte es ihm. Das Lächeln, das sie ihm dazu darbrachte, war verhalten und ein wenig spöttisch, doch es war ein Lächeln, immerhin. »Hier. Ich nehm die andere.« Damit ging sie zu jenem Instrument, das Karoline E-Gitarre genannt hatte und das nun wieder an der Wand lehnte.

Verwundert bemerkte Wolfgang, dass das Instrument vollkommen stumm blieb, als Hannah danach griff. Erst nachdem sie eine Weile an den darauf angebrachten Knöpfen herumgefingert hatte, erklang ein jammernder, langgezogener Ton. Daraufhin machte sie sich an dem kleinen Kasten zu schaffen, der neben dem Baum stand, und als sie nun die leeren Saiten anschlug, klang es zwar hell und blechern, aber dennoch beinahe wie eine Gitarre.

»Sunshine braucht das zu Weihnachten, sonst ist sie nicht glücklich«, raunte Hannah ihm zu. Und sie fügte etwas hinzu, in dem die Begriffe Folkbegleitung, Powercords und Plektrum vorkamen, mit denen Wolfgang beim besten Willen nichts anzufangen wusste, aber die Vertraulichkeit in ihren Worten tat ihm gut, und so nickte er wissend und gab sich ganz dem Vertrauen hin, dass die Musik schon alles richten würde.

Und während sie spielten, machte Frau Sonnenschein ihrem Namen alle Ehre, sie strahlte herzwärmend und schien in ihrer eigenen Wärme gar dahinzuschmelzen, und vielleicht war es nur der Umstand, dass sie sich mit beiden Armen an Horsts Hals festhielt, der verhinderte, dass sie zur Gänze vom Canapé heruntergeschmolzen wäre.

»So«, rief Horst, als sie geendet hatten. »Jetzt ist es mal gut mit der vielen Liebe.« Behutsam versuchte er, sich aus Sunshines Umklammerung zu lösen. »Jetzt machen wir noch richtig Weihnachten. Ich möcht jetzt O *Tannenbaum*.«

Das Lächeln, das Hannah Wolfgang zuwarf, war das einer Verbündeten. Sie nahm wieder die Gitarre und Wolfgang die Violine, und zu Wolfgangs großer Erleichterung brachte Sonja ein Notenbuch, weil niemand die Texte über die erste Strophe hinaus beherrschte, und Wolfgang brauchte nichts denn einen Blick hineinzuwerfen, um sich nicht allzu große Blöße geben zu müssen. Sie sangen gar nicht so schlecht, vor allem Sonja hatte einen hübschen kleinen Sopran, Thomas schien sich nicht recht zu trauen, und Max hatte offenbar stimmliche Probleme, doch Horst gab mit seinem kräftigen Bass dem Ganzen Tiefe. »So! Und jetzt *Stille Nacht*«, forderte er.

»Wartet!« Thomas war aufgestanden und löschte die Lampen, die von der Decke und aus der Zimmerecke strahlten, dass die Lichter am Tannenbaum noch heller leuchteten, und eine Festlichkeit legte sich über alles. Während sie sangen, ließ Wolfgang seinen Blick schweifen, und er fand Sunshine Hand in Hand mit

Horst sitzend, während Max tatsächlich den Arm um Karoline gelegt hatte. Sonja, das blieb ihm nicht verborgen, hatte feuchte Augen, und für einen Moment überkam ihn das Gefühl erhabener Familienglückseligkeit. Nur Musik, so dachte er wieder einmal, vermochte solch Wunder zu wirken.

Nachdem der letzte Ton verklungen war, herrschte andächtige Stille, und es war zu spüren, wie kostbar diese Stille war. Wolfgang war ohne Zweifel: Dies musste er sein, jener hohe Moment, auf den all die geschäftige Weihnachtlichkeit zielte. Unwillkürlich nickte er. In dieser Welt, in der alles ein großes Lärmen war, war ein wahrhaft stiller Augenblick das Kostbarste, was es zu erleben galt. Stille Nacht. Mit einem Mal verstand er, warum dieses Lied hatte komponiert werden müssen, und ohne sein Zutun summte es in seinem Kopf zu einem Reigen von Variationen weiter, die er bald aufschreiben würde.

Es war Horst, der schließlich die Stille brach, mit einem leisen, nur geseufzten »Ja« – vermutlich kam ihm als Ältestem das Recht zu –, woraufhin alle aus einer Art Starre erwachten und sich gegenseitig ansahen, als habe man just etwas Peinliches zusammen durchlebt. Tatsächlich schien es eine Verwandlung bewirkt zu haben, denn als Sonja erklärte, sie werde nun das Dessert servieren, stand Max auf.

»Bleib sitzen«, sagte er freundlichst lächelnd zu ihr.

Wolfgang spürte seine Blase. Er würde sich kurz entschuldigen, wollte schon nach seiner Jacke schauen, doch da fiel ihm ein, dass es auch in dieser Wohnung gewiss den Luxus eines Aborts gab und er nicht in den Hof würde hinunterlaufen müssen. Er neigte sich zu Hannah und fragte nach dem gewissen Örtchen.

Sie wies mit dem Kopf zur Tür. »Da raus und dann links. Neben der Küche.«

Dankend verließ Wolfgang das Zimmer und versuchte, sich zu orientieren. Die Tür zu jenem hell beleuchteten Raum, in dem er die Küche wusste, stand weit offen. Neugierig warf er einen Blick hinein. Er war vollends ausgestattet mit glänzend rot lackierten Schränken, in der Mitte befand sich eine große Herdstatt, die nun übersät war mit Töpfen und Pfannen. Und just dort stand Max und sah Wolfgang ertappt entgegen. In den Fingern hielt er einen Gänseschlegel, den er abrupt fallen ließ, seine Lippen glänzten fettig.

Wolfgang trat näher, den Blick auf die Gans gerichtet. »Man soll nichts verkommen lassen, nicht wahr?« Und damit machte er sich daran, es Max gleichzutun.

Schweigend rupften sie der Gans die letzten Fitzelchen von den Knochen. Wolfgang leckte sich die Finger, nickte Max zu und machte sich wieder auf die

Suche nach dem Häusl, das er in weit größerem Komfort fand als das Badezimmer von Piotr. Zwar gab es keine Dusche hier, dafür glänzte und funkelte alles in einer Weise, die Wolfgang in Erstaunen versetzte. Und warm war es darinnen, beinahe heiß! Was für eine komfortable Welt! Wenn er es recht bedachte, lebte es sich hier äußerst kommod.

KAPITEL ZWÖLF

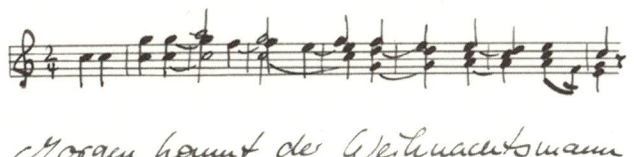

Als er zurückkehrte, war Thomas bereits dabei, das Dessert auf Teller zu verteilen. Wolfgang kostete von der dunklen Mousse, die nach Schokolade und allerlei Gewürzen schmeckte und auf der Zunge zerschmolz, dass es eine Lust war. »Madame, ich habe niemalen etwas Köstlicheres gegessen!«, entfuhr es ihm, und er überlegte im nächsten Moment, ob das vielleicht eine Lüge sein mochte.

»Das kann ich mir vorstellen.« Horst nickte nachdenklich. »Da, wo du herkommst, gibt's so was Gutes bestimmt nicht.«

»Papa.« Sonja rügte ihn mit vorwurfsvollem Blick.

»Dafür gibt's da aber Schokoweihnachtsmänner, Opa«, warf Karoline ein. »Ganz viele!«

»Na« – Horst taxierte Wolfgang – »Familie hast du offenbar keine, oder?«

»Wir freuen uns jedenfalls sehr, dass Sie heute Abend bei uns sind, Wolfgang.« Sonja hob ihr Glas in seine Richtung. »Familie kann ja viele Gesichter haben, nicht wahr?«

»So viel ist gewiss, Madame.« Er prostete ihr ebenfalls zu. Etwas Warmes, Wohliges stieg in ihm auf. »Und Musik will allzeit einen Zusammenhalt geben in einer jeden Gemeinschaft.«

»Da haben Sie recht. Würden Sie denn noch mal …« Sonja sah erst ihn, dann die Geige an.

Sofort sprang er auf. »Mit Freuden, Madame, es will mir eine große Ehre und ein noch größeres Vergnügen sein.«

»Ja, du sollst *Morgen kommt der Weihnachtsmann* spielen.«

Morgen kommt der Weihnachtsmann. Herrje, wieder etwas, das er nicht kannte. Unter keinen Umständen jedoch wollte er sich abermals die Blöße geben. »Gewiss, gewiss.« Er verzog das Gesicht zu einem Lächeln und hielt verstohlen nach dem Liederbuch Ausschau.

»Blödsinn.« Max schüttelte den Kopf. »Das ist unlogisch, das passt doch nur am Dreiundzwanzigsten. Und wenn überhaupt« – er warf Karoline einen spöttischen Blick zu –, »dann käm hier in Wien eh das Christkind.«

Suchend stand Wolfgang neben seinem Stuhl, registrierte den ungläubigen Ausdruck, mit dem Karoline den Bruder bedachte, dann fand er endlich das Liederbuch auf dem Fenstersims.

»Weihnachtsmann! Das ist auch so eine amerikanische Scheiße, das hat doch mit Weihnachten nichts mehr zu tun, das …«

»Hannah!«

Mit einem Ohr der Konversation lauschend, durchblätterte Wolfgang das Weihnachtsliederbuch. Über jedem Stück standen Verfasser und Jahreszahl, ganz offenbar war es nach seinem Tod à la mode gewesen, Weihnachtslieder zu komponieren. Einige davon kannte er mittlerweile, und er überlegte abermals, ob es eine gute Idee gewesen wäre, auch eines zu erschaffen. Oder eine ganze Reihe gleich. Oder ein Oratorium wie das Bach'sche – in den letzten Tägen war ihm aufgefallen, wie oft es gespielt wurde, und er hatte sich insgeheim geärgert, an diesem Kuchen nicht teilzuhaben.

»Ach je, Weihnachtsmann, Christkind, ist doch wurscht, wer die Geschenke bringt«, hörte er Horst sagen.

»Aber …!« Karoline klang derart verzweifelt, dass Wolfgang den Kopf hob. Ihr Blick suchte den seinen, als erwarte sie eine Antwort von ihm. Rasch wandte er sich wieder dem Liederbuch zu: *Alle Jahre wieder; Leise rieselt der Schnee; Morgen, Kinder, wird's was geben; Ihr Kinderlein kommet.* Letzteres war nur wenige Jahre nach seinem Tode entstanden, eine wahrhaft stümperte Melodie! *Am Weihnachtsbaume die Lichter brennen.*

»Hier gibt es beides, mein Schatz«, vernahm er Sonjas Stimme. »Der Weihnachtsmann und das Christkind helfen sich gegenseitig. Wie sollen die das sonst schaffen, in einer so großen Stadt?«

Christkind. Weihnachtsmann. *Herbei, o ihr Gläubigen.* Er überflog die Komposition, die etwas nuancierter war, und zog in Erwägung, sie zu spielen, eine kleine Kadenz dazu fiel ihm gleich ein, als Karoline ihn schon wieder am Arm zupfte.

»Stimmt das?«

Verwirrt sah er sie an.

»Stimmt das, was Mama gesagt hat?«

Er kramte in seinem Hirnkastel nach Sonjas Worten, die an ihm vorübergeweht waren wie ein Hauch warmer Luft. *Der Weihnachtsmann und das Christkind helfen sich gegenseitig.* Nach dem dreizehnten Takt könnte er einen bravourösen Lauf über zweieinhalb

Oktaven setzen. *Wie sollen sie das sonst schaffen, in einer so großen Stadt?*

»Gewiss, gewiss«, murmelte er. »Es ist allzeit gut, sich helfend zur Seite zu stehen, sonderlich wo der Arbeit viel zu tun und wo ein anderer sie in der rechten Weise ausführen kann.« Er blätterte weiter, überlegte, noch anzufügen, dass er zu Lebzeiten niemals über eine solche Person verfügt hatte, sondern sich stets mit Stümperhaftigkeit hatte herumschlagen müssen wie bei diesem Süßmayr, dem Nichtsnutz, doch da fiel sein Blick auf die gesuchte Zeile: *Morgen kommt der Weihnachtsmann.*

Irritiert sah er auf die Noten. Hob den Blick zu Karoline. Ließ ihn wieder auf das Papier sinken. Das war exakt jenes unanständige Liedchen, das er einst einmal bearbeitet hatte und das die Kleine, zu seinem Entsetzen, vorhin gesummt hatte! Wolfgang lachte auf. Ganz offenbar hatte jemand – ein gewisser von Fallersleben, Gott hatte ihn schon sehr lange selig – aus der Frivolität ein frommes Weihnachtslied gemacht.

Belustigt legte er das Buch nieder, griff zur Geige und stimmte das Thema an, verfiel ins Variieren, wobei ihm nicht nur das einfiel, was er seinerzeit niedergeschrieben hatte, sondern noch alles andere, für das in einer rechtschaffenen Reihe von Zwölfen kein Platz mehr gewesen war. Er sah das verzückte Gesicht von

Sonja, das anerkennende Staunen von Hannah und ließ das zuvor gehörte Gespräch Revue passieren, jene Auseinandersetzung um einen Weihnachtsmann und ein Christkind, die Geschenke bringen sollten und dabei offenbar in Konkurrenz zueinander standen.

Morgen kommt der Weihnachtsmann. Beinahe hätte er energisch den Kopf geschüttelt, was dem Violinspiel freilich abträglich gewesen wäre. Die wenigen Geschenke, die es zu seiner Zeit gegeben hatte, hatte der Nikolaus am ihm zugedachten Abend den Kindern gebracht – nur jenen freilich, die in der Lage waren, eine gute Probe dessen abzugeben, was sie aus dem Katechismus gelernt hatten. Entsprechend war er von den Kindern sehnsüchtig erwartet oder angstvoll gefürchtet worden.

Hier jedoch schien jener mirakulöse Weihnachtsmann am Werke zu sein, eine Phantasiegestalt, wie Wolfgang vermutete, mit der man die kleinen Kinder zu verzaubern suchte. Auf den Nikolaus, so deuchte ihm, hatte man derweil vollständig vergessen.

Er sah Madame Soleil, die nun auf Horsts Schoß saß, und Max, der verstohlen vom Wein seines Vaters trank, und Dankbarkeit stieg in ihm auf. Bei aller Unbill, die er in den letzten Tägen hatte erdulden müssen, war ihm an diesem Heiligen Abend doch Gnade zuteilgeworden, und er hatte im Kreis einer Familie einen Platz gefunden und war aufs Beste bewirtet worden.

Er sah das überglücklich strahlende Gesicht der kleinen Karoline, der er diese Gnade zu verdanken hatte, und plötzlich fiel es ihm wie Schuppen von den Augen: Das Kind allein auf dem Domplatz! Sein vermeintliches Wissen um seine Person! Die inständige Bitte, er möge mit ihr nach Hause kommen! Die Präsentation bei dem Bruder … Mit einer feierlichen Rückkehr zum Thema endete er sein Spiel, ließ sich, unter Applaus, neben Karoline auf seinen Stuhl sinken und zwinkerte ihr verschwörerisch zu. Wie erwartet, tat sie es ihm gleich.

Thomas trat indessen auf Wolfgang zu, reichte ihm sein wieder gefülltes Glas und stieß mit ihm an. »Das war wirklich wunderschön. Und so virtuos! Wir sind sehr beeindruckt. Und ich möchte Sie herzlich bitten, noch zu bleiben und auch heute Nacht unser Gast zu sein. Um diese Uhrzeit lassen wir Sie nicht mehr in die Kälte hinaus.«

Der Gedanke, in ein warmes Bett fallen zu können, ohne noch den Weg hinaus antreten zu müssen, hatte etwas Verlockendes. Aus Höflichkeit jedoch schüttelte er den Kopf. »Ich danke sehr für diese Großzügigkeit, doch möchte ich dermalen keine Umstände machen.«

»Keine Widerrede, Wolfgang, Sie sind unser

Gast!« Damit reichte er ihm eine Schale voller Gebäck, mit Schokolade und buntem Zucker verziert. Beherzt griff Wolfgang nach einem grünbestrichenen Tannenbaum.

»Die hab ich gemacht«, klärte Karoline ihn auf und zeigte wieder ihr zufriedenes Lächeln. Und da wusste Wolfgang, dass er den Zauber nicht brechen durfte und es Zeit war, zu gehen. Ohne Aufhebens legte er die Geige ins Futteral und bat Karoline leise, ihn aus dem Zimmer zu begleiten. In der Diele fragte er nach seiner Jacke.

»Aber … du gehst doch noch gar nicht.«

»Pscht.« Wolfgang legte einen Finger auf seine Lippen. »Doch, beste Karoline.« Er machte eine Kopfbewegung nach dem Salon. »Sie würden es nicht begreifen, aber du, du allein weißt, wer ich bin, und kannst daher verstehen, dass es sein muss. Ich kann ohnmöglich bleiben.«

Andächtig sah sie zu ihm auf. »Dann … komme ich mit dir.«

»Nein, mein Kind, das darf nicht sein. An jenen Ort, an den ich gehe, kannst du mir nicht folgen. Aber ich danke dir von ganzem Herzen, dass du mich hierher mitgenommen und mich nicht verraten hast. Denn ich muss, wie du dir leicht einbilden kannst, unerkannt bleiben.«

Etwas Wehmut stand in ihrem Gesicht, doch sie nickte tapfer. »Klar.« Dann hellte sich ihre Miene auf. »Warte mal.« Sie lief über den Flur, verschwand hinter der Tür zu Maxens Zimmer, und als sie wieder auftauchte, hielt sie etwas Rotes in der Hand, das sie ihm entgegenstreckte. »Hier. Setz das auf.«

»Was ist das?«

»Eine Weihnachtsmannmütze. So eine haben alle auf, da erkennt dich bestimmt keiner.«

»Du bist fürwahr ein kluges Kind und wirst es weit bringen im Leben.« Feierlich nahm er die Mütze an sich. Als er sie aufsetzte, klingelte es leise, gleich einer Narrenkappe war eine Schelle am Zipfel angebracht. »Ich bin froh, dich heute getroffen zu haben, meine kleine Freundin. Vergiss niemalen, dass die Musik die Menschen allzeit verbindet. Frohes Fest!«

Sie atmete tief. »Frohes Fest.« Dann gab sie ihm artig die Hand und entließ ihn hinaus ins Treppenhaus.

NACHKLANG

Er beeilte sich, die knarzenden Holzstufen hinabzu-
steigen, aus Furcht, der Hausherr könne seine Flucht
bemerken und ihn zur Umkehr bewegen wollen.
Auf dem letzten Treppenabsatz erst hielt er inne und
lauschte. Aus der Wohnung im Parterre, in der, wie er
vermutete, auch eine geschmückte leuchtende Tanne
stand, vernahm er erregte Stimmen. Den Nachbarn
war es offensichtlich noch nicht gelungen, gemeinsam einen innigen Moment der Stille zu finden. Ge-
mäßigteren Schrittes ging er die letzten Stufen hinab
und trat aus der Tür auf die Straße hinaus.

Eine klare, scharfe Kälte empfing ihn, und unwillkürlich hielt er die Nase in die Höhe und schnupperte.
Schnee. Eindeutig. Dabei war der Himmel vor wenigen Stunden noch vollkommen klar gewesen. Er richtete den Blick nach oben, wurde aber, wie vordem,
vom weißen Licht einer Straßenlaterne geblendet. Er

sah noch einmal am Haus empor, fand das vom Baum heimelig erleuchtete Erkerfenster, und Melancholie überkam ihn, als liege der gerade vergangene Abend bereits lange zurück.

Er zog den Verschluss seiner Jacke nach oben, drückte die Schellenmütze tiefer in die Stirn und machte sich auf den Weg durch die nun menschenleere Gasse. Zu seiner Verwunderung hörte er seine Schritte zwischen den Mauern hallen, und es klang nicht anders, als es früher geklungen hatte, als die Stadt noch um ein Vielfaches übersichtlicher und ihm vertrauter gewesen war, und für eine Weile schloss er die Augen, um die Stadt nur mit den Ohren zu sehen, und als er sie wieder öffnete, war er beinahe erstaunt, sich nicht in jener Welt wiederzufinden, aus der nur ein wirrer Traum ihn gerissen hatte.

Erst als er um die erste Straßenecke gebogen war, erkannte er, dass es das Fehlen der allseits geparkten Toyotas war, das ihm Karolines Gasse so vertraut hatte erscheinen lassen. Offenbar war dort das Abstellen der Fuhrwerke verboten, und er dachte bei sich, dass es ein privilegierter Ort sein musste, dem man solches ersparte.

Nachdem er eine weitere Hausecke passiert hatte, war auch das Rauschen und Brummen wieder da, das die Stadt stets erfüllte; gleichwohl verhalten zu dieser späten Stunde, da die meisten vor einem Tannenbaume sitzen mochten, doch immerhin. Unwillkürlich blieb er stehen, lauschte und gedachte des Weihnachtshöhepunktes, an dem er heute hatte teilnehmen dürfen, und wieder hatte er das Gefühl, ein wenig mehr von dieser Zeit zu begreifen, in der, wie in allen Zeiten, das Knappste auch das Kostbarste war.

Bald erreichte er den Domplatz, und nun vernahm er ein weiteres, ihm deutlich vertrauteres Geräusch: Orgelspiel, begleitet vom gedämpften Singen einer Christgemeinschaft. Die Mitternachtsmette. Heilige Nacht. Stille Nacht. Einen Gedanken lang war er versucht, hineinzugehen, doch dann lief er an der Kirche vorüber und überquerte den nunmehr menschenleeren Domplatz, auf dem die vormals beleuchteten Buden jetzt dunkel und verschlossen standen, und obschon das Pflaster übersät war von zertretenen weißen Bechern und über allem noch der Geruch von Punsch und Bratwurst hing, hatte der Moment doch etwas von einer Offenbarung, die nur ihm allein zuteilwurde und die ihm, das wusste er, inmitten der Menschen in der Kirche versagt worden wäre.

Als er jene Stelle erreichte, an der er der kleinen Karoline begegnet war, verweilte er für eine Zeitlang in der Erinnerung an diesen nur wenige Stunden zurückliegenden Augenblick, in dem er noch nichts geahnt hatte von den Erlebnissen und Erfahrungen, die ihm an diesem Abend zuteilwerden würden. Und wie um den Moment noch zu erweitern, setzte er seinen Weg fort, dorthin, wo er so viele Male gegangen war, auch am Heiligen Abend zwei Jahre zuvor.

Erneut schloß er für ein paar Schritte die Augen und gab sich der Phantasie hin, tatsächlich dorthin zu kommen, wo einst sein Zuhause gewesen war. Seine Familie. Wie hatte Sonja gesagt: Familie kann viele Gesichter haben. Er spürte sich lächeln. So vieles hatte sich verändert seit dem letzten Heiligen Abend, den er erlebt hatte. Und doch glich sich vieles, und das würde vermutlich immer so sein.

Trotz Piotrs abgeschnittener Handschuhe froren seine Fingerspitzen, und er schob die Hände in die Jackentaschen. Zu seiner Überraschung fand er in der linken etwas Hartes, Raues und stellte fest, dass Karoline ihm zum Abschied etwas von dem Gebäck darin versteckt haben musste. Ein Weihnachtsgeschenk! Mit einem neuerlichen Lächeln betrachtete er den Stern, der mit buttergelbem Zuckerguss verziert und mit Silberperlchen beklebt war, die im Schein des Nachtlichts glänzten. Einige waren bereits abgefallen, er fand eins davon lose in der Jackentasche.

Ob man es essen durfte? Er steckte es in den Mund, es schmeckte süß, und er kullerte es mit der Zunge am

Gaumen entlang, bis es sich ganz aufgelöst hatte. Den Stern schob er vorsichtig in die Tasche zurück. Er würde ihn bewahren, als Erinnerung.

Und wiederum richtete er den Blick nach oben, wie er es früher alljährlich getan hatte, auf der Suche nach dem echten, dem heiligen Stern. Und tatsächlich – dort oben war er, der Stern von Bethlehem! Klein nur und ohne Schweif, doch leuchtend hell. Rasch zog er über den Himmel. Dass er dabei blinkte, irritierte ihn nur für einen winzigen Moment. Vieles hatte sich verändert, und daran würde er sich wohl gewöhnen müssen.

BROSCHUR
ISBN 978-3-7466-2696-3

PREIS: 9,99 €

Präludium

Der Tod ist ein kalter Bruder.

Mit klammen Fingern packt er ihn, zerrt ihn, schüttelt ihn, dass ihm die Zähne aufeinanderschlagen.

Oder sind es Sophies Arme, die unter seine Schultern greifen? Er fühlt, wie sie ihn anhebt, die zarte Person, damit Constanze sein schweißkaltes Hemd wechseln kann.

Lasst mich, will er sagen, doch mehr als ein mattes Stöhnen bringt er nicht heraus. Wie soll er all das vollführen, was noch zu tun ist, wenn er nicht einmal mehr weinen kann?

Die harten Schläge von Pferdehufen, sonst ein willkommener Taktwechsel, martern seinen Schädel, als träte der Gaul selbst auf ihm herum.

»Er kommt, dem Herrn sei Lob und Dank!«

Ein Luftzug sagt ihm, dass Sophie aufgesprungen ist, dass Kerzenflammen die Schatten durch den Raum jagen, und er spürt, wie Constanzes Hände die seinen umklammern, als könnten sie ihn festhalten. Er lässt die Augen geschlossen, dennoch weiß er um den Ausdruck ihres Gesichts, der Ton ihrer Stimme verrät die Tränen, die sie mühsam zurückhält, verrät den Wahn, der sie zu packen droht. Kraftlos hebt er die Lider, erkennt schemenhaft das vertraute Antlitz im Schein der Wachslichter. Reichlich Kerzen haben sie entzündet. Der Tod ist ein schwarzer Bruder.

Mühsam reckt er den Arm, vergebens, er reicht nicht mehr an Constanzes Wange, sein Körper ist schwer geworden, als gehöre er einem anderen.

Es pocht hart gegen die Tür, er erschrickt, zuckt und kann sich doch nicht bewegen. Will sich aufbäumen, liegt indes ergeben und weiß, er wird dort liegen bleiben.

Eine Hand wiegt schwer und kalt auf seiner Stirne.

»Tücher sind vonnöten. Auch kaltes Wasser. Rasch.« Die Stimme des Doktors, aber der hilft ihm nimmermehr.

»Clos-set.« Ein Röcheln, mehr gelingt ihm nicht.

»Lieber Mozart, bleiben Sie liegen.«

Was sollte er auch anderes tun? Clossets kalte Hände greifen seinen Arm, schieben das Plumeau zur Seite, betasten sein Bein.

Der Doktor spricht nur mehr leise. »Er hat der schlechten Säfte zu viel, deren er sich zu entledigen sucht. Der Aderlass wird ihm Erleichterung verschaffen.«

Sosehr er sich auch abplagt an einem Nein, sein Protest bleibt ungehört.

»Wohin mit den Tüchern?« Auch von Sophie kommt nur ein Flüstern. Als hätte eine reizende Frauenstimme ihm je das Leben nehmen können.

»Macht Wickel. Ist das Wasser kalt? Den Kopf kühlt ihm, die Stirne auch.«

Er fühlt die Pfanne an seiner Wade, die Kraft reicht nicht zum Wehren. Schon spürt er den kleinen Schmerz des Schnittes. O diese Blutrünstigen! Noch kälter wird ihm, als liefe mit dem Blut die letzte Wärme, der letzte Rest an Lebenskraft aus ihm heraus. Bald versteht er nicht mehr, was gesprochen wird, nur ein schwaches Murmeln, als sei er längst fort.

Der Tod ist ein stiller Bruder.

Requiem

Requiem aeternam dona eis, Domine
et lux perpetua luceat eis
Te decet hymnus, Deus, in Sion
et tibi reddetur votum in Jerusalem

Als er zu Bewusstsein kam, fror er nicht mehr. Das Gemurmel hielt noch immer an, doch klang es unvertraut – waren fremde Stimmen hinzugekommen? Er drehte sich behutsam zur Seite, zu seiner Verwunderung gelang es ihm schmerzfrei und ohne Anstrengung. Auch die alles verzehrende Mattigkeit war wie weggeblasen, als sei er gerade aus einem tiefen Schlaf erwacht. Dabei hatte er das Gefühl, nur einen Augenblick eingenickt zu sein. Sollte der alte Doktor Closset ihm gegen jede Erwartung geholfen haben? Freude durchfuhr ihn wie unverhoffte Novembersonne: Die Crisis war überwunden!

»Stanzi …« Er sprach leise, um sich nicht zu überanstrengen, doch schon während er es sagte, war ihm klar, dass er mühelos laut nach ihr hätte rufen können. Schritte näherten sich, er blinzelte, schloss aber gleich wieder die Lider, das helle Licht blendete.

»Er kommt zu sich, na endlich.« Die Stimme – es war weder Stanzis noch Sophies – klang fremd, zweieinhalb Oktaven zu tief, aber zumindest verstand er die Worte klar.

»Stanzi«, gab er zur Antwort und bemühte sich um ein Lächeln, »Stanzi, so hat er endlich ein Gegengift gefunden?«

»Der hat ja Humor.« Jemand lachte, dann wurde er sachte am Arm gerüttelt. »Alles klar, Mann?«

Zaghaft öffnete er das rechte Auge. Ein Gesicht, ihm völlig fremd, beugte sich über ihn. »Der Closset hat ein Wunder gewirkt«, hauchte er.

»Was? – Scheiße, Mann, hat der etwa …?« Mit einem Ruck zog man ihm die Decke fort und gab ihn der Kälte preis wie ein nacktes Tier.

»Reg dich ab, der ist immer noch auf dem Trip, lass ihn weiterpennen.« Die Decke senkte sich wieder herab.

»Na, der kann was erleben! Ruht sich aus, während wir die Arbeit machen.«

Er riss die Augen auf, sah schemenhaft zwei Gestalten sich entfernen, dem Habitus nach Männer, dann wurde eine Tür geschlossen, und rasch klappte er seine Augen zu.

Irgendetwas stimmte nicht.

Er war nicht mehr zu Hause. Sein Lager fühlte sich anders an, viel weicher und ungleich – ja, federnder; ein subtiler, femininer Duft lag darin. Wohin hatte man ihn gebracht? Wer um alles in der Welt waren diese garstigen Kerle? Und welche Arbeit gab es zu tun? O gütiger Himmel: Sollte das gerade der Franz Xaver gewesen sein?

Er riskierte erneut einen vorsichtigen Blick. Das Gemach, in dem er sich befand, war recht geräumig, durch ein Fenster drang fahles Winterlicht. Er nahm einen tiefen Atemzug. Tot war er jedenfalls nicht. Oder doch? Instinktiv probierte er seine Hände aus, formte die ersten Takte des Sanctus, das zu schreiben er versäumt hatte, ließ die Fingerspitzen über Brust und Bauch gleiten. Erschrocken hielt er inne: Das waren nicht seine Kleider, die er anhatte. Er schob die Decke zur Seite – sie war purpurfarben! –, hob den Kopf und sah an sich hinab. Statt seines gewohnten weiten Leinenhemdes trug er ein kurzes Hemdchen, es hatte weder Kragen noch Knöpfe und war aus einem außerordentlich anschmiegsamen, wenn auch dünnen Stoff gefertigt. Seine Beine steckten in einer dunklen Hose, die nicht bloß übers Knie, sondern weit über die Knöchel reichte. Sie war bequem, samtig und nachgiebig. Sein Sterbekleid? Ein jähes Frösteln erfasste ihn, doch sein Körper fühlte sich fürwahr gesund und lebendig an. Auch der

Schädel peinigte ihn nicht mehr, so dass sich die Musik schon wieder ungehindert darin ausbreitete, in bunten Farben und Formen um ihn wogte wie seit jeher und darauf drängte, niedergeschrieben zu werden. Alle Schmerzen waren ihm genommen. *Gere curam mei finis* – also war dies am Ende ... das Paradies?

Er atmete schwer aus, zog den Kopf ein wenig zwischen die Schultern, sah sich nochmals um. Von gebratenen Tauben keine Rede, doch sein Verstand hatte sich ohnehin stets gegen diesen Pfaffenhumbug gesträubt. Indes: So ein kleines Täubchen wäre ihm just recht gewesen, sein Magen fühlte sich alles andere als tot an. Und voll Verwunderung registrierte er, dass seine Blase schmerzte, denn es war nicht jene Art von Schmerzen, die er in den vergangenen Wochen in einem fort hatte erdulden müssen, vielmehr drängte es ihn erfreulich stark, Wasser zu lassen.

Er richtete sich auf, setzte die Füße auf den kühlen Boden. Die hölzernen Dielen knarrten. Erleichtert entdeckte er neben dem Bett einen Nachttopf, doch seine Hose hatte weder Latz noch Eingriff, nur zwei Säckel auf jeder Seite, in einem fand er ein zerknülltes weiches Tuch. Beunruhigt nestelte er an dem wulstigen Hosenbund herum, bis er fasziniert feststellte, dass der recht dehnbar war. So dehnbar gar, dass er, wenn er ihn von sich wegzog und dann losließ, unversehens wie eine Feder wieder zusammenschnurrte und seinen Dienst, die Hose an ihrem Platz zu halten, ganz tadellos verrichtete.

Er ließ den Stoff ein paarmal gegen seinen Bauch klatschen, bevor er ihn zur Gänze herunterzog und nach dem Nachttopf griff. Das vertraute Plätschern ließ ihn ruhiger werden.

Nicht weit von seiner Bettstatt stand ein gläserner Tisch, darauf lag Papier, eine rechte Menge Papier, ein ganzer Stapel gar, weiß wie Jännerschnee und glatt wie feinste Seide. Er strich mit den Fingerspitzen darüber. Paradiesisch glatt, fürwahr, an diesem Ort war nicht zu zweifeln! Eine Feder fand er keine, doch ein Bleyweißstift aus lackiertem Holz und ein anderes Schreibgerät, dessen Beschaffenheit er nicht zu deuten wusste, lagen parat.

Er nickte unwillkürlich. Wer auch immer ihn hierhergebracht haben mochte, zeigte überdeutlich, was er von ihm erwartete: dass er sein letztes Werk, sein Requiem, nun vollende, sei dieser Ort ein Schon, ein Noch oder ein Dazwischen. Und mit dem Gedanken packte ihn ein Grausen: Sollte jener Herr, der ihm unlängst den Auftrag für dieses Werk überbracht hatte, doch ein Todesengel gewesen sein? Constanze hatte ihn einen Narren gescholten, als er in dem hochgewachsenen, stattlichen Mann mit dem dunklen Gewand den Erzengel Michael erkannt hatte. Aber nun – er sah sich abermals in dem fremden Raume um – war die Ahnung zur Gewissheit geworden, zur qualvollen Gewissheit: Sein Auftraggeber war kein Sterblicher. Und das Requiem …! Er atmete schwer.

Eine Ungeheuerlichkeit war das gewesen, mit der er sich nicht einmal für die Dauer eines Herzschlages hatte anfreunden können: Obgleich er der Notensetzer viele kannte, so wusste er darunter doch nicht einen, dem je eine solche Marter auferlegt worden wäre. So brauchte der Steinmetz sich den eigenen Grabstein nicht zu hauen, der Weber seinen Totensack nicht zu fertigen und der Totengräber sich die Grube nicht zu graben – einzig ihm war die peinigendste aller Aufgaben zuteilgeworden, sich selbst eine Totenmesse zu schreiben! *Requiem aeternam*. Nein, dieses Ende war kein Ende, sondern just der Fortgang aller Qual. Er ahnte, dass man ihn nicht von hier würde lassen, ihm zum Reich der Toten keinen Zutritt würde gewähren, ehe nicht der letzte Taktstrich gesetzt war.

Empörung kam über ihn. Hatte er nicht größten Fleiß gezeigt und bis zum letzten Augenblick daran gearbeitet, dem Süßmayr, diesem Stupido, noch jede so winzig kleine

Skizze anvertraut, ihm wieder und wieder alles beschrieben und mit der Stimme intoniert? Und doch war, vom Introitus abgesehen, nichts wirklich fertig, allenfalls Gesang und Basso hatte er niederschreiben können, hier und da eine erste Violin, das Posaunensolo des Tuba Mirum, gewiss, doch für Sanctus, Benedictus, Agnus Dei und Communio hätte er mehr Zeit gebraucht. Was hatte man ihn erst abberufen, um dann derarten auf die Erfüllung seiner Aufgabe zu drängen? Verstand einer die Oberen, gleich, ob sie im Himmel oder auf Erden regierten! Doch er würde es ihnen zeigen, mit einem Sanctus, das sich an Fulminanz nicht überbieten ließe! Mit einem einzigen Gedankenstrich verwarf er, was er dazu vorgesehen hatte, und setzte zu einem neuen, kühnen Thema in gleißend hellen, sonnenwarmen Farben an. Seine Lippen öffneten sich, er begann zu singen, erst tonlos, dann mit leiser Stimme, bis alles Gestalt angenommen hatte.

Sein Blick glitt zu der geschlossenen Tür. Eine Klausur war ihm beschieden, in der ihn nichts Irdisches mehr, keine Opera und keine sonstigen Vergnügungen, von seinem Tun abhalten würde. Warum man ihm indes bei aller Mühe kein Notenpapier bereitgelegt hatte, ließ ihn den Kopf schütteln. Eine wahre Prüfung! Dann strich er sich das wirre, noch fieberfeuchte Haar aus der Stirn und begann, mit Hilfe eines weiteren, sorgsam gefalteten Blatts, immer fünf Linien untereinander zu zeichnen.

Mit dem Sanctus kam er rascher voran als gedacht, obgleich er dazu ganze achtunddreißig Takte niederschrieb. Einzig die Reprise ließ er aus, die konnte wahrlich auch ein Nichtsnutz vollenden, und für Notenschreiber vom Range eines Clementi gab es im Jenseits gewiss nicht allzu viel zu tun.

Das himmlische Schreibgerät glitt geschwind über das Papier und schien zudem über einen mirakulösen Vorrat an Tinte zu verfügen; zwar schmierte sie etwas klebrig in den

Achteln, doch hatte er schon die fünfte Seite beschrieben, ohne einen einzigen Gedanken auf ein Tintenfass zu verschwenden. Wohlig lehnte er sich zurück, reckte sich in dem dunklen Fauteuil, der bei jeder Bewegung ein wenig mitschwang. Ein Frühstück wäre ihm recht gewesen, doch war man hier offenbar einzig auf die Erfüllung seiner Aufgabe bedacht. Dennoch: Ein angenehmer Ort schien es zu sein, die Luft erquicklich trocken und warm, nicht das geringste bisschen Zugluft störte ihn im Nacken. Einzig seine Füße froren.

Er ließ den Blick durchs Zimmer wandern. Neben ihm auf dem Tisch stand aufrecht ein eigentümlicher, flacher Kasten, wie ein blindes, kleines Fenster oder ein Bilderrahmen ohne Gemälde darin. Dafür glomm an seiner Unterkante ein winziges grünes Licht. Argwöhnisch hielt er seinen Finger in einigem Abstand davor, das Licht strahlte weder Wärme aus, noch flackerte es. Rasch tippte er ein paarmal darauf, es leuchtete jedoch weiter ohne den lässlichsten Anschein von Respekt. Vor dem Kasten befand sich ein Brett, es musste sich um ein Spiel handeln, denn es waren kleine Würfel darauf angeordnet, die das vollständige Alphabet sowie Ziffern und eine Menge Zeichen enthielten. Demjenigen, der es zuletzt bespielt hatte, war es wohl der Mühe nicht wert gewesen, alles wieder an den rechten Platz zu setzten; kein Buchstabe stand, wo er hingehörte. Er griff nach dem A, versuchte, es anzuheben und die gefügige Ordnung herzustellen, doch der Würfel ließ sich nicht herausheben, nur niederdrücken wie die Taste eines Fortepianos. So war es … eine Klaviatur zum Schreiben? Er drückte nacheinander die Buchstaben W-O-L-F-G-A-N-G, doch ertönten keine Laute, nur ein monotones Klackern. Ratlos ließ er davon ab.

Neben der Klaviatur fand er weitere Stapel des weißen Papiers, bereits vollgeschrieben mit Notizen, Zahlen, zarten Zeichnungen, in einer feinen, sehr weiblichen Schrift.

Konnte es angehen, dass er nicht der Erste an diesem Ort war, dessen finale Dienste gefordert wurden? Nun, das war immerhin ein tröstlicher Gedanke inmitten der Beharrlichkeit, mit der man ihm hier seine Arbeit abverlangte. Ob er am Ende doch sämtliche Orchesterstimmen würde notieren müssen? Das Benedictus wäre bald skizziert, das Agnus Dei … und dann? Er schluckte. Schließlich würde man alles von ihm fordern. Alles. Auch das Letzte. Das Allerletzte. Auch das Lacrymosa. Allein der Gedanke daran, die Töne, die er sofort mit sich brachte, ließen ihn beben. Nie zuvor war ihm solches widerfahren. Nie zuvor hatte seine eigene Musik ihn derarten zu erschüttern vermocht, dass er sich außerstande sah, sie zu vollenden. Lacrymosa. *Dies illa.* Wie oft hatte er unter Tränen von seinem Arbeitstisch aufstehen und das Haus verlassen müssen, bis der Lärm der Straßen ihn wieder aufleben ließ. *Huic ergo parce, Deus!*

Zitternd griff er nach dem wundersamen Schreibgerät.

Als bereits ein rechtes Bündel fertiger Seiten vor ihm lag, mischten sich plötzlich fremde Töne in die letzten Takte des Benedictus. Er schrak auf. Eine Frauenstimme sang eine monotone Melodie aus zwei sich ständig wiederholenden Phrasen, begleitet von grellem Geschepper, als schlügen Kochtöpfe gegeneinander.

Sein erster empörter Impuls ließ ihn aufspringen, dann verharrte er, lauschte. Dumpfes Pochen, jemand lief an der Zimmertür vorbei. Instinktiv hielt er den Atem an. Der Erzengel! Doch die Schritte entfernten sich, eine Tür schlug, der Gesang verstummte, Gespräch setzte ein. Er schlich zur Tür, presste sein Ohr gegen das Türblatt. Jemand unterhielt sich mit einem Frauenzimmer, jedoch so undeutlich, dass man die Worte nicht verstehen konnte. Zaghaft drückte er die Klinke herab und steckte den Kopf aus der Tür. Die Stimmen kamen aus dem Nebenraum, und obwohl die Konversation nicht unfreundlich klang, wurde unnatürlich laut disputiert, gerade so, wie man auf einer Bühne zu sprechen hat. Neugierig schlüpfte er hinaus in den halbdunklen Korridor, tappte auf bloßen Füßen über kalte Dielen und lugte am Türrahmen vorbei in ein größeres Zimmer, eine Art Salon, das ihn, ob seiner Helligkeit, blinzeln machte. Die Wände waren vollkommen weiß. Verwundert drehte er sich um sich selbst. Doch unverkennbar: Im Raum wurde gesprochen – und es war niemand darinnen! Entweder seine Sinne oder jemand anders trieb übelsten Schabernack mit ihm. So leise er konnte, schlich er sich in die Richtung eines Wandbords, in welchem das Gespräch zweifelsohne seinen Ursprung nahm, stolperte über ein paar rosenfarbige Wollpantoffeln, fing sich knapp und schlüpfte, ohne nachzudenken, hinein. Dem Klang folgend, berührte er das Bord, spürte ganz eindeutig die Vibrationen, aus jenem überlauten Gespräch geboren, dessen Worte er nicht aufzunehmen vermochte. Das feine Zittern entsprang einer schwarzen, mit Stoff bespannten Kiste.

Überwältigt hielt er den Atem an: ein mechanischer Musikapparat, der Stimmen hervorbrachte! Wie tadellos echt er klang, fast so, als säße jemand in der Kiste, die freilich viel zu winzig dafür gewesen wäre. Trotzdem drehte er sie vorsichtshalber um, doch hinten hing lediglich eine schwarze glatte Kordel heraus. Gewiss war sie zum Aufziehen gedacht. Ein zufriedenes Lächeln huschte über seine Lippen. Was für ein meisterhaftes Instrument! Ganz anders als die langweiligen Apparate, für die er unlängst ein paar Stücke hatte schreiben sollen – nur widerwillig hatte er einen Teil davon fertiggestellt. Oh, es wäre ihm eine Ehre, für dieses neue Mechanikum eine erhabene Musik zu komponieren – zumal sie offenbar recht lang werden durfte, der Kasten sprach nun schon eine ganze Weile, ohne dass man ihn hatte aufziehen müssen.

Er sah sich um. In dem Salon herrschte ein unbeschreibliches Durcheinander: Trinkgläser und Flaschen, Kleidungsstücke und allerlei Unrat lagen auf dem Fußboden verstreut. Nichts in diesem Raum, so musste er sich eingestehen, war ihm vertraut, abgesehen von dem Umstand, dass hier offenbar vor kurzem ein Gelage stattgefunden hatte. Hatte er daran teilgenommen? Er schluckte und stellte fest, dass seine Zunge am Gaumen klebte. Einige der herumstehenden Bouteillen waren noch halb gefüllt, er hielt sich einen Flaschenhals an die Nase, roch Bier, nahm ein paar kräftige Schlucke; es schmeckte schal, löschte aber den größten Durst, wenn auch ohne zu erfrischen.

Indes das Mechanikum weiterdröhnte, flog sein Blick im Raum umher, blieb an einem kleinen, zur Vollkommenheit runden Spiegel hängen, der am Boden lag. Er kniete nieder und beugte sich darüber. Der Spiegel war mit einem Loch in der Mitte versehen. Bewegte man den Kopf, tanzten bunte Strahlen verschieden schnell über die Scheibe, ein schillerndes Ballett, stets von einer unsichtbaren Mitte geführt. Das war Musik zum Anschauen! Er wackelte mit dem Kopf, probierte verschiedene Rhythmen, und auch die kleinsten seiner Bewegungen bewirkten immer neue Farbenspiele und wurden zu unerwarteten Klängen. Doch dann bemerkte er, dass ihm übel dabei wurde, und tief atmend richtete er sich auf. Vermutlich fehlte ihm frische Luft.

Er tappte zum Fenster, zerrte und rüttelte am Griff, bis es sich endlich öffnen ließ. Erleichtert lehnte er sich gegen die Brüstung und sah in den grauen Himmel hinauf. Die Atmosphäre, gleichwohl winterlich kalt, war erfüllt von einem anhaltenden Brummen und Rauschen, fast wie von einem Gebirgsbach im Frühsommer. Er lauschte. Von fern stieß jemand zweimal kurz in ein Jagdhorn. Ihn schauerte, er rang nach der kalten Luft, ein beißender, teuflisch unangenehmer Geruch lag darin, der ihm Wasser in die Augen trieb. Keine Engel, keine Posaunen, keine Tauben. Stattdessen bleischwerer Himmel, alchimistischer Gestank und ein hungriger Magen.

Mit der Müdigkeit eines Wanderers, der, am Ende seiner Kräfte, feststellt, dass der halbe Weg weiters vor ihm liegt, stützte er den Kopf in die Hände und sah zwischen kahlen Baumkronen hindurch auf eine Allee. Bestaunte die völlig plane Bahn, die wie aus einem einzigen schwarzen Pflasterstein gemacht schien, als etwas Großes, Glänzendes eilig darüberhuschte, schwarz schimmernd wie ein riesenhaftes Insekt. Erschrocken wich er zurück. Gleich darauf kam ein weiteres, silbriges, diesmal von der anderen Seite, doch nun blieb er stehen, krallte nur seine Hände in die Fensterlaibung und folgte mit seinem Blick dem wunderlichen Vehikel dort drunten. Ja, das war eindeutig ein Fuhrwerk, auch wenn er weder Hufgetrappel hörte noch Pferde ausmachen konnte. Eine Weile sah er mit steigender Neugier den unaufhörlich von rechts und links kommenden Geschossen nach, bis eines langsamer wurde und auf der gegenüberliegenden Straßenseite zwischen zwei Bäumen hielt. Es erinnerte ihn tatsächlich an eine Kutsche, hatte vier Räder, wenn auch nur sehr kleine, und er wunderte sich über die Geschwindigkeit, die es damit zustande brachte. Zu beiden Seiten der Kutsche öffneten sich Türschläge, zwei Menschen kletterten heraus und begannen, große Kartonagen aus dem Fuhrwerk zu zerren und fortzutragen. Er versuchte sich vorzustellen, wie es sich wohl anfühlte, mit solcher Geschwindigkeit über die Alleen zu jagen, dachte an die Begeisterung, die er als kleiner Junge empfunden hatte, wenn der Kutscher auf den langen Reisen den Pferden ordentlich die Peitsche gab.

Eva Baronsky
Manchmal rot
Roman
352 Seiten
ISBN 978-3-7466-3240-7
Auch als E-Book erhältlich

»Ich habe gerade erst angefangen, jemand zu sein.«

Für ihn läuft alles prächtig, er steht vor dem ganz großen Deal. Zwar muss er vorher den Seniorchef seiner Kanzlei ausbooten und nebenbei ein üppiges Schwarzgeldkonto in der Schweiz auflösen, aber auch das wird er in den Griff bekommen.
Seine Putzfrau lernt er nur kennen, weil sie in seiner Wohnung von der Leiter fällt. Als sie im Krankenhaus erwacht, kann sie sich weder an ihren Namen erinnern, noch ihn schreiben. Während sie ungläubig der Frau, die sie einmal gewesen sein soll, nachforscht, erfindet sie sich neu. Dabei entwickelt sie ein Selbstbewusstsein, das ihn zunehmend fasziniert und verunsichert.

Eva Baronsky erzählt in diesem modernen Märchen so warmherzig wie erstaunlich von zweien, denen alle Gewissheiten abhandenkommen und die uns fragen lassen: Wer wäre man, wenn man nicht zu wissen glaubte, wer man ist?

Regelmäßige Informationen erhalten Sie über unseren Newsletter. Jetzt anmelden unter: www.aufbau-verlag.de/newsletter

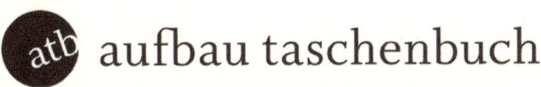

aufbau taschenbuch